BOIRE JUSQU'AU MATIN

ISBN : 978-2-37453-886-0
Toulouse, mai 2021

Couverture : Anne-Eléonor OLIVIER
(Photomontage pixabay)
Maquette : Ameline RENAULT

Justin GRIMBOL

BOIRE JUSQU'AU MATIN

Traduction de JEAN-YVES COTTÉ

Les Éditions du 38

Intro
Par Sébastien Doubinsky

Justin Grimbol est, avec Jerry Wilson, un des secrets les mieux gardés de l'Amérique. C'est un écrivain discret, qui publie discrètement dans des maisons d'éditions américaines discrètes. C'est pourtant l'une des figures les plus intéressantes de la scène littéraire de ces dix dernières années. Entré dans la fiction par la voie de l'horreur punk, ou "Bizarro" comme ce genre s'appelle outre-Atlantique, il est très vite passé à autre chose, c'est-à-dire, à lui-même.

S'il n'est pas directement autobiographique, ni même autofictionnel, son personnage principal et héros de ses quelques romans s'appelle Grimboli. Il aime aussi renifler les culs et pleurer, comme son alter ego. Il est aussi orphelin de sa mère, et pense beaucoup à l'au-delà. Mais, comme chez Richard Brautigan ou John Fante, illustres ombres en toile de fond, ces récits sont autonomes, libres et détachés de toute logique chronologique. Ce sont des moments, des scènes, des films arrêtés sur image qui, ensemble, constituent (peut-être) l'ébauche d'une histoire.

La fiction de Grimbol est avant-tout mélancolique et existentielle, mais enrobée d'un humour absurde et tendre. Personnages en porte-à-faux avec le monde et l'Amérique triomphante qui les entourent, qui s'accommodent du quotidien le plus immédiat pour survivre. Plans foireux, fêtes minables, mais aussi amitiés profondes qui se déroulent sous les yeux du lecteur ou de la lectrice comme un film tourné au ralenti.

Ce sont des histoires aussi réalistes que poétiques, qui étonneront le public français, plus habitué au machisme Hemingwayen qu'à une sensibilité presque Fellinienne dans le grotesque - qui n'est jamais loin.

Justin Grimbol est aussi poète, comme Brautigan, de choses minuscules et presque inaperçues. Son dernier recueil, paru cette année, est à la gloire de son minivan, dans lequel il voyage avec sa femme Heather. Là aussi, le dérisoire n'est pas loin, mais un dérisoire sublimé par l'humour et l'amour.

Comme je l'ai déjà dit plus haut, vous allez découvrir un secret, un trésor qui brille dans le noir - et ce n'est pas du toc, croyez-moi. C'est du 200 carats. Au moins.

1

Elle était grande et avait de courts cheveux châtains bouclés et était plate comme une limande. Elle me donnait le sentiment d'avoir trois cœurs. L'un dans la poitrine, l'un dans la queue, et l'un enfoui dans ses yeux, rassis et délaissé.

Je la regardais s'habiller. Il était tôt. Le soleil entrait par les fenêtres et incendiait la cambrure de son dos tandis qu'elle passait son jean.

— Arrête de me regarder comme ça, a-t-elle dit. Je ne veux pas coucher avec toi. J'ai faim, je suis de mauvaise humeur et ton petit oiseau est bien la dernière chose que j'ai envie de toucher, alors lâche-moi les baskets.

Zoe avait seize ans quand on s'est rencontrés. À l'époque tout marchait comme sur des roulettes entre nous. Même si ma mère venait de mourir et que j'avais des crises d'angoisse aussi souvent que la plupart des adolescents ont des érections, les choses n'allaient jamais trop mal car je sortais avec cette jeune nana, Zoe Booblanaski, et qu'elle semblait incapable de n'être pas gentille avec moi. Quand on faisait l'amour elle jouissait à l'envi. Elle simulait très probablement, mais je n'y voyais goutte, aussi la vie me paraissait-elle belle.

Puis elle s'est mise à boire et à me battre froid. On se disputait sans cesse. J'étais une sorte de ménagère avilie, la suppliant sans cesse de ne pas aller dans les bars, puis passant la nuit à regarder des films et à pleurer et à manger de la glace. Quand elle rentrait j'étais réveillé à l'attendre. Les disputes reprenaient. On vociférait et jetait des trucs et elle partait et continuait de boire. Elle buvait jusqu'au matin, puis rentrait, me réveillait et me demandait si je pouvais la conduire au 7-11 pour racheter de la bière.

J'ai fini par craquer et lui dire que je ne voulais plus jamais la revoir.

Une année s'est écoulée.

Dans un moment de faiblesse, j'ai décidé de l'appeler, de voir comment elle allait. Elle m'a dit qu'elle avait arrêté de boire et que je lui manquais.

On a recommencé à se voir, généralement dans des motels. C'était la première fois qu'elle venait chez moi. J'habitais à Sag Harbor dans la maison où j'avais grandi. Ma tante Hilda, que j'appelais tatie, la louait à mon père qui vivait avec sa nouvelle femme à Shelter Island, plus proche de l'église où il officiait depuis dix ans.

Je m'étais installé dans l'ancienne chambre de mes parents parce qu'elle était plus grande et je me servais désormais de mon ancienne chambre comme débarras. Tout était exactement comme ma mère l'avait laissé. Toutes les vieilles photos étaient encore accrochées aux murs.

Zoe a trouvé gênant de faire l'amour dans ma nouvelle chambre.

— Ça va pas le faire, m'a-t-elle dit.

— Qu'est-ce qu'il y a ? ai-je demandé.

— Je ne peux pas m'éclater tout en regardant cette putain de photo ! a-t-elle hurlé.

Elle montrait du doigt la photo au-dessus du lit. C'était un grand portrait de moi qui avait été pris quand j'avais trois ans. Sur la photo ma grosse tête était couverte de cheveux blonds et je m'efforçais de dissimuler un sourire derrière ma petite main. Zoe était habituée à un tout autre Dustin Grimboli. Le Grimboli qu'elle connaissait avait des cheveux châtains et une barbe et un gros bide avec trois vergetures à droite du nombril. À part ça, je pensais être resté à peu près le même que sur la photo, en plus grand c'est tout. J'ai toujours une grosse tête et de petites mains, et mes yeux sont toujours plus ou moins ceux d'un petit garçon.

— C'est qui ce petit garçon ? a-t-elle demandé.

— C'est moi, ai-je répondu.

— C'est trop flippant.

— Ne regarde pas.

Ma vieille maison n'était pas vraiment propice aux ébats amoureux. Les photos n'étaient pas les seules à mettre Zoe mal à l'aise. Il y avait aussi ma tante. Cette même nuit, alors que j'avais le visage enfoui entre les fesses toutes chaudes de Zoe, tatie est venue frapper à ma porte.

— Dustin ! Dustin ! Tu es là ? a-t-elle crié.

Sa voix semblait stressée. Je me suis dit qu'un des chiens avait peut-être été tué, peut-être fauché par une voiture ou attaqué par un autre animal.

J'ai levé la tête de la raie des fesses de Zoe.

— Qu'est-ce qu'il y a ? ai-je demandé.

— J'ai ton linge.

— Quoi ?

— J'ai lavé le sweat-shirt que tu aimes porter. Tu sais, celui avec les manches coupées.

Zoe a pris peur et s'est cachée sous les couvertures. Un véritable tue-l'amour. Je la connaissais. Sa chatte était tout aussi névrosée qu'elle. Elle avait une faible capacité de concentration. Une fois que j'en étais sorti, c'était difficile d'y revenir. Elle ne supportait pas la moindre diversion. Elle souffrait du trouble déficitaire de l'attention et parfois j'avais envie d'y coller de la Ritaline pour qu'elle puisse se concentrer.

— Dustin, mon chéri, je peux entrer ?

— Attends !

Je suis sorti du lit et lui ai ouvert la porte. J'étais encore nu, encore en sueur et ébouriffé et rutilant de tant d'amour et de désir et d'avoir bouffé un cul.

— Qu'est-ce que tu veux ?

C'était une petite femme trapue. Depuis plus de vingt ans elle avait la même coupe en brosse.

— Qu'est-ce que tu veux ? ai-je répété.

Tatie m'a souri d'un air contrit puis m'a tendu le sweat-shirt. Il était encore chaud du sèche-linge et sentait le propre.

— Je suis désolée de t'embêter, a-t-elle dit.

— C'est bon, lui ai-je répondu en m'efforçant de calmer mon agacement.

Elle s'est retirée en boudant.

Quand j'ai fermé la porte Zoe a émergé des couvertures.

— Elle est partie ? a-t-elle demandé.

J'ai hoché la tête.

— Cette femme me fait peur, a-t-elle dit.

— Je sais.

— Elle ne m'aime pas.

— Probablement pas.

Je me suis recouché et j'ai essayé de l'embrasser et de la caresser mais, comme de juste, elle est restée de glace.

Elle avait vingt ans alors. Ça durait depuis quatre ans. Mais je ne m'y étais toujours pas habitué.

Plus tard cette nuit-là j'ai trouvé tatie dans la cuisine. Elle mangeait un milk-shake. Elle aimait les acheter chez McDonald's, les mettre au congélateur deux ou trois jours, attendre qu'ils soient brûlés par le froid, puis les manger comme si c'était de la glace.

— Tu en veux un ? a-t-elle demandé. J'en ai d'autres au frigo.

— J'en veux bien un, lui ai-je répondu. Merci.

La texture du milk-shake était étrange. Après un séjour au congélateur il devenait croustillant. Ça semblait aussi en rehausser le goût.

— C'est délicieux, lui ai-je dit. Je pense que je préfère ça à une glace normale.

— Tu veux finir le mien ? a-t-elle demandé.

— Ça t'embête ?

— Non, vas-y. Je suis ravie que tu aimes ça.

Je me suis efforcé de manger celui-ci lentement. Il était tard. On n'arrivait ni l'un ni l'autre à dormir. Dehors les chiens aboyaient. C'étaient les petits crétins reniflards les plus moches et les plus ridés du monde. Toute la journée, quelle que soit la pièce dans laquelle je me trouvais je pouvais les entendre respirer. Parfois quand j'étais en ville je jure que je les entendais respirer au loin.

J'ai regardé par la fenêtre pour voir ce qui les avait excités. Il faisait cependant trop sombre et je n'ai rien vu du tout.

— Ta mère leur manque, a dit tatie.

— Ce sont tout simplement des chiens, lui ai-je répondu. C'est plus fort qu'eux.

2

Quelques jours plus tard Zoe ne m'avait plus permis de coucher avec elle. À l'entendre, elle n'était simplement pas d'humeur. Ça m'a sonné. Pourquoi ? Pourquoi n'était-elle pas d'humeur ? Était-ce parce que je m'étais rasé le pubis ? Je pensais que ma queue en paraîtrait plus grosse mais non. J'étais gros et les gros ont besoin de poils pubiens, sinon leurs parties semblent boudinées et empotées, comme le cul d'un cochon. J'avais merdé.

Je m'en voulais. Je pensais que je savais m'y prendre avec elle, que j'étais un homme désormais, que je pouvais supporter sa froideur. Au lieu de ramper à ses pieds et de la supplier de m'aimer, je resterais stoïque. Je ferais preuve d'une telle sérénité qu'on pourrait la comparer à celle du Bouddha ou du Christ ou de Brad Pitt dans *Légendes d'automne*. Et ça ferait tellement mouiller sa chatte que son cœur chavirerait. Je ferais fondre l'iceberg qu'était cette nana. Le réchauffement climatique n'était rien comparé à l'infinie sagesse de mes yeux. Je ferais tellement mouiller cette fille que le monde entier en serait englouti.

Je pensais avoir grandi depuis la dernière fois qu'elle m'avait quitté. Dans ma tête, le petit garçon gâté d'autrefois s'était endurci en un héros tragique.

Mais elle pouvait me faire craquer si facilement. Ma force dépendait du délicieux musqué de sa chatte et des cris hystériques dans ses yeux et de la complaisance de ses longs bras. Je dépendais de ces trucs de femme de la même façon que Popeye dépendait de ses épinards. Sans tout ça je n'étais que fragilité. Le seul muscle en état de marche était mon pauvre petit pénis se cachant derrière mes énormes couilles.

Ça me pompait toute mon énergie de rester zen, de ne pas craquer et de me comporter comme une vraie poule mouillée.

J'avais du mal à dormir la nuit. Quand je dormais je rêvais de ma mère. Dans mon rêve les médecins l'avaient guérie. Elle était encore en vie. Tout le monde pensait que les médecins l'avaient améliorée. Elle était plus grande, en meilleure santé. Elle était plus gaie et moins lunatique qu'avant sa mort. Les gens aimaient ça. Mais je trouvais que quelque chose manquait. Je m'efforçais de convaincre tout le monde qu'elle était devenue folle. *Regardez ses yeux*, disais-je. *Regardez-les. Ils ne sont plus comme avant. Voyez comment elle me regarde. Ils ne sont pas douloureux. Ils ne sont pas humides. On dirait que je ne suis même plus son enfant.*

Quand je me réveillais je voyais Zoe dormir à côté de moi. J'essayais de la réveiller en l'embrassant sur les joues et le front. Elle grognait, me repoussait, et se retournait. Même dans son sommeil c'était une garce. Je voulais l'étrangler. Je voulais qu'on soit réveillés tous les deux pour hurler ensemble.

À la place j'allais dans la salle de bains et, comme ça m'arrivait souvent quand Zoe ne regardait pas, je pleurais. Et tout en pleurant je regardais fixement mon corps nu dans le miroir. Au moins je ressemblais encore à un homme. J'avais des couilles. J'avais d'énormes couilles. Et j'avais de la barbe. Et c'était médiocre et évident et stupide, mais on ne lutte pas contre son cœur.

3

— Je crois que je vais déménager en Floride et vivre avec ma mère, m'a dit Zoe.

On mangeait des bagels sur le quai dans le centre-ville de Sag Harbor.

— Quand vas-tu le faire ? ai-je demandé.

— Bientôt, a-t-elle répondu. J'espère pouvoir déménager le plus tôt possible.

Je ne voulais pas qu'elle parte. Mais je ne le lui ai pas dit. J'ai fait semblant d'être ravi pour elle. Je lui ai dit que je pensais pouvoir l'imaginer heureuse là-bas, que je pouvais l'imaginer marcher sur le sable blanc, se reposer sous les palmiers et jouer avec des petits lézards. Ça lui a plu. Ça la rendait heureuse de penser à la Floride. Ça avait encore pour elle l'odeur de la nouveauté.

Apparemment ça la faisait mouiller de penser à la Floride car quand on a regagné ma chambre on s'est embrassés, bagarrés et on a gloussé comme des enfants. Elle m'a laissé la baiser à nouveau. Elle s'est mise à quatre pattes et son cul s'est grand ouvert et son anus m'a fait un clin d'œil et je me suis penché pour la renifler et la lécher jusqu'à ce que sa chatte soit mouillée.

Je la lui ai mise.

Je me sentais bien en elle. Chaque poussée, chaque charge était une prière. J'avais trouvé ma Mecque. Merci, priais-je, gémissant plus fort qu'un chien prisonnier de sa niche. Merci, mon Dieu, merci ! J'étais un prophète agitant sa canne devant Dieu avant de l'enfoncer dans le sol. La terre tremblait. Elle chantait pour moi comme l'océan chante au sable. Elle me disait que j'étais le meilleur amant que le monde ait jamais connu, parce que j'étais fort, parce que j'étais solide, parce que j'aimais ma défunte mère, parce que je restais éveillé nuit après nuit à manger mes crottes de nez. J'étais le meilleur amant que le monde ait jamais vu parce que je pleurais si facilement. En faisant tout de travers j'avais tout fait comme il fallait. Son corps me disait ça. D'avoir été une telle poule mouillée, j'étais devenu aussi robuste qu'un cow-boy. Chevauche, qu'il me disait. Chevauche, Grimboli. Chevauche jusqu'au coucher du soleil.

4

Zoe a déménagé en Floride quelques semaines plus tard. Elle avait du mal à se faire au changement et m'appelait souvent. C'était une période où je me sentais seul mais en paix. Zoe me manquait, cependant je trouvais rassurant ses coups de fil incessants. Je savais cette affection temporaire et l'acceptais comme si c'était quelque chose d'aussi indéfectible que l'amour d'un chien.

Quand on ne se parlait pas je travaillais à mes collages. J'associais des images de magazines de cul avec des images d'anciens jeux vidéo. Certaines de mes compositions étaient abstraites. Dans l'une j'ai mis un champignon numérique sur un sein flouté. J'en faisais d'autres simplement pour m'amuser. Je prenais une photo de Link, le héros du jeu *La Légende de Zelda*, et remplaçais son épée par la photo d'une bite. Ou je faisais en sorte que Mario ait l'air de sortir du cul d'une dame.

Tatie rentrait du travail vers huit ou neuf heures du soir. J'entendais sa voiture s'engager dans l'allée et rangeais rapidement les magazines de cul. Une nuit j'étais tombé dans les pommes dans le salon et elle avait trouvé les magazines. Elle n'avait pas fait d'esclandre. Elle s'était contentée de les empiler soigneusement dans un coin de la cuisine.

Malgré tout, je me sentais coupable. La culpabilité a transformé la perception que j'avais de mon art. Les collages m'ont alors paru bizarres. Ils n'avaient plus rien d'artistiques. Ils ressemblaient à quelque chose sorti de l'imagination d'un obsédé dépravé, comme une statue composée de culottes de petites filles.

La dernière fois que je m'étais senti aussi coupable d'avoir créé quelque chose j'avais dix ans. J'avais dessiné une B.D. sur Freddy Krueger. Ça s'appelait *Le Retour des griffes de la nuit*[1]. Freddy y baisait une fille avec un pénis en forme de tronçonneuse. Ma mère avait trouvé la B.D. et m'avait fait la morale pendant des heures en me reprochant d'avilir les femmes. J'étais jeune et n'avais aucune idée de ce dont elle me parlait. La façon dont elle m'a regardé m'a rempli de honte.

Cette nuit-là j'ai brûlé la B.D. Le papier à imprimante sur lequel elle était dessinée s'est embrasé en une flamme étincelante. Et tandis que je le regardais se réduire en cendres, j'étais certain de m'être purifié.

C'était un sentiment bien pire de créer le même art tant d'années après. À l'époque je pouvais dire que je n'étais qu'un gosse, que je ne savais pas. À vingt-deux ans il n'était pas facile de justifier un tel comportement.

C'était peut-être mon imagination. Mon art n'était peut-être pas aussi pervers que je le pensais. Peut-être, je dis bien peut-être, que la vieille B. D. de viol de Freddy Krueger était en réalité une œuvre de génie et que c'était en fait ma mère qui était dans l'erreur.

Il est devenu clair pour moi que mon travail devait être vu par tout le monde. *Le retour des griffes de la nuit* avait été livré au feu sans avoir été vu par quelqu'un d'autre que ma mère excessivement émotive. Ce n'était pas juste. Il fallait donner la chance d'être vu à mon porno s'inspirant de jeux vidéo.

---

1. Référence au film de Wes Craven, *Les Griffes de la nuit* (*A Nightmare on Elm Street*), dans lequel joue Freddy Krueger.

La première personne à qui j'ai parlé du porno était Zoe. Je lui ai envoyé par mail deux des collages. Je les lui ai envoyés pendant la nuit et l'ai appelée le lendemain. Elle n'a pas semblé les trouver si pervers que ça. Mais elle ne les a pas trouvés très créatifs pour autant.

— Ils ont l'air plutôt ringards, a-t-elle dit.

Ça m'a fait me sentir encore plus mal. Il aurait mieux valu qu'elle s'en offusque. Ça m'aurait fait me sentir coupable, mais au moins l'aurais-je touchée. Je ne pouvais pas supporter la terrible indifférence que trahissait sa voix.

Pour la provoquer je me suis mis à parler de façon plus détaillée de mon art, en espérant qu'une de mes œuvres la perturberait d'une façon ou d'une autre.

— Ah ouais, celui-là semble vraiment intéressant, répétait-elle.

Mais elle semblait s'ennuyer. Manifestement elle ne me laissait poursuivre que par pitié.

J'ai continué de lui décrire chaque collage jusqu'à ce que l'un d'eux, enfin, l'interpelle.

— C'est mon préféré, lui ai-je dit. J'ai fait dépasser les têtes de Mario et Luigi de la chatte de cette grosse dame, pour donner l'impression qu'elle accouchait en même temps de l'un et de l'autre.

Il y eut un long silence embarrassant.

— Qu'est-ce qu'il y a ? ai-je demandé. Pourquoi tu ne dis rien ?

— La dernière peinture dont tu m'as parlé…

— C'est un collage.

— Ouais, eh bien, peu importe ce que c'est, il a quelque chose qui m'a vraiment fait flipper. Je ne sais pas.

— Je suis désolé, ai-je dit.

— C'est bon… Je veux dire, tu n'y es rien pour rien, en fait.

J'ai fait semblant d'être confus, mais au fond de moi je jubilais. Enfin ! J'avais coincé cette garce ! Mon cœur résonnait des applaudissements d'un millier de mecs. C'était comme si j'étais sur une colline et qu'il me suffisait de leur montrer mon petit pénis humide pour que tous m'acclament. Même le bûcheron en fer-blanc du *Magicien d'Oz* était là parce que je lui avais donné quelque chose d'encore mieux qu'un cœur. Je lui avais rendu sa queue.

J'avais bel et bien offensé Zoe. Le sachant, j'ai dormi comme un bébé. Mes rêves étaient pleins de honte, mais je n'en ai pas moins dormi comme un bébé et quand je me suis réveillé l'après-midi suivant je me suis senti reposé et prêt à attaquer la journée.

5

Zoe s'est mise à m'appeler de moins en moins et quand elle le faisait il était manifeste que c'était par habitude.

Il fallait que j'aille là-bas. Une fois avec elle je serais en mesure de rallumer quelque chose entre nous. Cette stratégie n'avait jamais marché jusque-là. La plupart du temps, lorsque je l'avais pourchassée, ça n'avait fait qu'accroître son dégoût à mon égard. Malgré tout, je sentais que c'était ce dont j'avais besoin.

Pour rendre le voyage plus supportable, j'ai décidé d'inviter mon pote Kalish. C'était un grand Italien ténébreux et bosseur, et la seule façon de le détourner de son boulot était de lui faire miroiter de vraies vacances, au sens le plus traditionnellement américain du terme. Il fallait pour cela du confort, des hôtels climatisés, des plages et de nombreux souvenirs à rapporter à sa famille. Il aimait jouer les touristes et il n'en éprouvait absolument aucune honte. Son but était de revivre le genre de vacances passées avec sa maman et son papa quand il était gamin. Pour lui, la Floride était la destination tout indiquée. Ce qu'il ne pouvait pas comprendre c'est pourquoi *moi* je voulais y aller.

Quand je lui ai dit que Zoe vivait là-bas il a commencé à s'inquiéter.

— Bon Dieu, tu vas me faire faire tout ce chemin jusqu'en Floride pour pouvoir faire quoi ? T'envoyer en l'air une fois, te disputer, puis pleurer le reste du temps ?

— Du calme ! Je te jure qu'on ne restera que deux ou trois jours chez Zoe. Sexe, dispute, larmes, peu importe ce qui se passera ça ne représentera qu'une toute petite partie du voyage. Le reste du temps on fera tout ce que ton petit cœur de rital voudra. D'ailleurs, tu vas te plaire chez Zoe. Sa mère est pleine aux as. On y sera sans doute mieux que dans n'importe quel hôtel qu'on peut se payer.

— Tu viens de me traiter de rital ?

— Oui. C'est un terme péjoratif pour Italiens et…

— Je sais ce que ça veut dire.

Le silence s'est installé. La tension est devenue palpable.

— Alors tu viens ou pas ? Ce n'est pas un problème pour moi. Je peux y aller seul s'il le faut.

— Tu vas faire la route tout seul jusqu'en Floride ?

— Bien sûr. Pourquoi pas ? Ce n'est pas un problème.

En vérité, j'étais terrifié d'y aller seul et il le savait.

— Je viens, dit-il. Mais tu ferais mieux de me promettre que ta putain d'histoire de nana ne va pas me gâcher mes vacances.

— Promis.

— Bon.

— Hé Kalish…

— Quoi ?

— Je t'aime.

— Je t'aime aussi, Grimboli…

6

Mes cycles de sommeil étaient merdiques. La plupart du temps je n'allais pas me coucher avant cinq ou six heures du matin et je dormais jusque tard dans l'après-midi. Ma notion du temps était complètement faussée. L'après-midi ressemblait au matin et la nuit ressemblait davantage à l'après-midi, et quand je me sentais fatigué le soleil se levait et les oiseaux gazouillaient. Raison pour laquelle j'ai décidé de partir en Floride à une heure du matin, ce qui pour moi représentait en gros le milieu de la journée.

On a conduit toute la nuit. Quand le soleil s'est levé, j'avais encore de l'énergie à revendre. Kalish, quant à lui, avait l'air épuisé. Bizarrement, c'était lui qui voulait faire le trajet d'une traite sans s'arrêter sauf pour prendre de l'essence et manger. « On doit tenir », répétait-il.

Plus on allait vers le sud et plus on voyait des panneaux d'affichage. Ils faisaient de la publicité pour des magasins où l'on vendait la Bible ou pour des sex-shops.

Il semblait aussi y avoir un millier de panneaux pour un endroit du nom de South of the Border. On s'y est arrêtés et on a été surpris de découvrir que la seule chose ouverte était une boutique qui vendait des tee-shirts pour un dollar. On n'était pas intéressés mais on est malgré tout descendus de voiture simplement pour se dégourdir et respirer un peu d'air frais. La dernière fois qu'on était sortis de la voiture il faisait froid et humide et la neige menaçait. À présent il faisait si chaud qu'on a dû troquer nos sweat-shirts pour des tee-shirts et des shorts. C'était excitant. On a couru dans tous les sens sur le parking comme si la lumière du soleil tombait comme des flocons de neige. On n'avait fait que rouler vers le sud, mais c'était un peu comme si on avait fait la nique au mauvais temps. Mère Nature pointait sur nous son doigt rageur, disant : « Petits vauriens, vous êtes si malins. Je crois qu'il n'y aura pas d'hiver cette année. » La différence était seulement de dix degrés mais on avait l'impression d'avoir inventé le feu.

7

Zoe habitait Naples, un coin huppé du sud de la Floride. On y est arrivés à deux heures du matin, tous les deux furieusement exténués. Ma tête était molle comme de la guimauve. Heureusement, Zoe était impatiente de nous voir. Dans le cas contraire, j'aurais éclaté en sanglots séance tenante.

Elle m'a pris dans ses longs bras. Elle m'a agrippé fermement. Elle s'est pendue à mon cou et a gigoté comme une gamine.

— Non mais tu t'es vu, s'est-elle écriée. T'as tellement grossi.

— Je mange beaucoup de milk-shakes, lui ai-je répondu.

— Ta mère a une sacrée baraque, a dit Kalish.

— Oh, je sais, elle est vraiment kitsch, mais il y a une piscine intérieure. Vous voulez la voir ? a-t-elle demandé avec coquetterie.

On est entrés et on a posé nos sacs. C'était dingue. Le salon et la piscine se partageaient l'espace. La moitié de la pièce était couverte d'une moquette à poils longs et de canapés en cuir, tandis que l'autre moitié était aménagée en un lagon entouré de palmiers et de fleurs exotiques. Il y avait une cascade qui se déversait dans le jacuzzi.

Kalish s'est mis à marcher à quatre pattes autour des rebords rocailleux de la piscine, comme s'il était un homme des cavernes. Il était grand et dégingandé et avait une petite tête d'oiseau. Sa pomme d'Adam était proéminente. C'était tordant de le regarder bouger ainsi.

— Oh mon Dieu, ton ami est si drôle, m'a dit Zoe.

— Je sais, ai-je répondu.

Sa petite comédie m'avait excité. J'ai décidé de me déshabiller sur place. Kalish s'est mis à rire dès qu'il a vu que j'étais nu. Je me suis ébroué pour lui faire mon petit numéro avant de sauter dans la piscine.

— Mais qu'est-ce qu'il se passe ? a crié Zoe. Vous êtes fous les gars. Vous avez bu ou quoi ?

— Non, ai-je répondu. On est fatigués c'est tout.

Finalement Kalish est parti se coucher, me laissant seul avec Zoe dans la piscine. On a nagé sans rien dire en se dévisageant l'un l'autre. Dehors il y avait des milliers d'insectes. Je les entendais nous regarder.

Zoe a glissé la bouche sous l'eau et fait des bulles. J'ai nagé jusqu'à elle mais elle a esquivé mon baiser. Je n'ai pas compris ce qui n'allait pas. Tout ce que je voulais c'était l'embrasser puis la mettre dans mon lit. La route avait été longue, la plus longue que j'avais faite jusqu'ici. Mon cerveau était en ébullition. Il vacillait comme une tour Jenga. Un faux mouvement et il s'écroulerait.

— Écoute Zoe, ai-je dit. Je suis trop fatigué pour jouer. Est-ce que je dors dans ta chambre ou dans la chambre d'ami avec Kalish ?

Elle a eu l'air fâchée.

— Alors on va se coucher, a-t-elle répondu.

Je l'ai suivie dans sa chambre.

Le lit était immense et les couvertures et les oreillers étaient si pelucheux que j'aurais pu m'y perdre.

J'ai tenté de l'embrasser. Une fois encore, elle m'en a empêché.

— Zoe, qu'est-ce qui se passe bordel ?

— Je voulais juste qu'on s'allonge ici et qu'on se blottisse d'abord l'un contre l'autre, a-t-elle dit.

— Je suis désolé, ai-je répondu.

— C'est bon, a-t-elle repris. Un peu décevant c'est tout.

J'ai commencé à l'embrasser. Elle était plus docile que passionnée. Quand j'ai grimpé sur elle sa chatte était très sèche.

— Crache un peu dessus, a-t-elle dit.

J'ai craché dans ma main, l'ai frottée sur ses lèvres, puis me suis coulé en elle.

Faire l'amour était difficile. Son lit était installé de telle façon qu'il était difficile de bouger. Les pieds à roulettes du lit étaient posés sur une estrade, surélevant le lit de sept bons centimètres par rapport au sol. Même le mouvement le plus infime me donnait l'impression que le lit allait s'effondrer.

— Ce lit me fait peur, lui ai-je dit.

— Tu veux juste que je te suce pour qu'ensuite on puisse dormir ?

— C'est d'accord ? Je suis vraiment fatigué.

Ma voix avait l'air tout aussi pitoyable que j'avais le sentiment de l'être. Je ne méritais pas qu'une femme me touche de cette façon. Je méritais un poing dans la figure. Si seulement il n'y avait pas eu ce foutu lit. Je lui aurais tout donné. J'aurais été la tempête du siècle. Je l'aurais comblée d'éclairs de chaleur. Je l'aurais baisée si fort que sa mère en aurait joui dans son sommeil. À la place j'étais juste allongé là, suppliant pour une pipe comme un ado de treize ans.

Et elle m'a offert la meilleure fellation de ma vie. Pour ma part ça pourrait bien avoir été la meilleure pipe jamais faite, c'est dire. En jouissant j'ai gémi et me suis débattu comme si je faisais un mauvais rêve. Mon sperme s'est répandu comme de la lave.

— Ça avait mauvais goût, a-t-elle dit. On aurait dit du cérumen.

— Mais tu aimes ça parce que tu m'aimes.

— Ouais, c'est ça.

J'étais si furieusement exténué que j'ai pensé qu'elle était affectueuse. Qu'importe ce qu'elle disait, tout ce que j'entendais c'était la douceur de son lit et le néant suave de mon pénis tout juste vidé.

Elle m'a regardé tandis que je glissais dans le sommeil et quand je me suis réveillé j'étais seul.

8

La mère de Zoe s'appelait Hilary et elle était effrayante. J'avais l'impression d'être David devant Goliath. Elle mesurait près de deux mètres et ses seins étaient énormes. Le simple fait de les regarder me donnait l'impression d'être sur le point de me faire renverser. Elle était cadavérique et paraissait éreintée. Ses yeux étaient creusés et sa peau était rêche et terne. Malgré tout, elle était indéniablement sexy. Kalish en a fait aussitôt la remarque. « Elle donne l'impression qu'on peut la baiser », a-t-il dit. « Ce qui est bizarre, parce que c'*est* une mère de famille. »

Généralement quand les mères de mes copines rencontrent Kalish, je sais qu'elles préféreraient que leur fille sorte avec lui plutôt qu'avec moi. Mais avec Hilary c'était différent. Elle ne semblait pas du tout vouloir que Zoe soit avec Kalish. Elle voulait Kalish pour elle.

Elle aimait le regarder. Quand il parlait il agitait les bras dans tous les sens. J'ai toujours pensé qu'avec une telle gestuelle Kalish ferait merveille dans la comédie. Je trouvais ça rigolo. Hilary n'y voyait toutefois rien de comique. Quand Kalish parlait, on aurait dit qu'elle buvait du petit-lait.

Ce flirt entre eux a joué en ma faveur. Kalish étant là je n'avais pas besoin de faire la causette. Kalish pouvait monologuer pendant des heures. Hilary nous emmenait tous déjeuner et dîner dehors et je me contentais de manger et de le regarder faire le spectacle.

Cette nuit-là j'ai tenté de recoucher avec Zoe, mais elle m'a repoussé.

— Je ne me sens pas très sexy, a-t-elle dit.

Je me suis à pleurer.

— Qu'est-ce qu'il y a ? a-t-elle demandé.

Je n'ai pas répondu.

Elle a essayé d'être gentille. Mais à moins que sa gentillesse ne me laisse lui bouffer le cul, je n'en voulais pas. Elle m'a embrassé la nuque. J'ai essayé de l'enfourcher mais, là encore, elle ne s'est pas laissé faire.

J'ai continué de pleurer.

Quand j'ai fini par me calmer elle s'est raidie et a reculé. On a commencé à se disputer. On criait fort et on a craint de réveiller Kalish et sa mère, aussi on est sortis de la maison et on s'est mis à arpenter les rues noires d'encre de son quartier sécurisé, en s'adressant encore et toujours les mêmes reproches. Elle était insensible. J'étais en manque d'affection. C'en était fastidieux. Elle a dit qu'elle ne voulait plus rester avec moi. J'ai acquiescé. Tandis qu'on se hurlait dessus des petits chiens se sont réveillés et se sont mis à aboyer après nous. Ça a duré ainsi toute la nuit.

Le matin est arrivé. On est rentrés chez elle. Kalish et Hilary prenaient leur petit-déjeuner. Ils nous ont regardés et ont ricané.

— Eh bien, on dirait que vous avez passé une sacrée nuit, a fait remarquer Hilary.

— Vous avez dormi sur la plage ? a demandé Kalish.

— Non, ai-je répondu. J'ai passé toute la nuit à pleurer et à lui hurler dessus.

— Vraiment ?

— Oui. On s'est disputés toute la nuit.

— Je dois aller chercher mes affaires ? a demandé Kalish.

J'ai hoché la tête. Il a vu que j'allais me remettre à pleurer aussi est-il parti sur-le-champ pour faire son sac le plus vite possible. J'ai passé le reste de la journée à dormir dans la voiture pendant qu'il conduisait.

9

Kalish a décidé que, pour avoir une véritable idée de la Floride, on devait aller à Key West.

On avait prévu d'y passer une semaine, mais dès qu'on a découvert à notre arrivée que c'était hors de prix, on a compris que ce n'était pas possible. Notre chambre d'hôtel avait la taille d'un placard et coûtait cent dollars la nuit. On n'avait pas les moyens d'y passer plus d'une nuit.

On s'était attendus à ce que les Keys soient un truc du genre *Girls Gone Wild*[2]. On avait mal choisi notre moment. C'était un lundi et le seul club qu'on a trouvé ouvert était pratiquement vide. Quelques hommes étaient assis au bar l'air renfrogné. L'endroit tenait davantage de la salle d'attente d'un hôpital que d'une boîte de nuit. J'étais le seul à danser. Kalish a tenté de danser mais il s'est senti trop gêné. Il s'est donc contenté de me regarder et de m'applaudir pendant que je dansais seul.

Après on est allés sur Duvall Street où on a trouvé un club de strip-tease baptisé le Devil Slipper[3].

---

2. Girls Gone Wild est une société qui produit des films pornographiques dans lesquels les acteurs se mêlent à des groupes de gens dans des situations réelles.
3. La pantoufle du diable.

Mon attitude a laissé Kalish pantois. Il s'était attendu à ce que je fasse davantage le malin dans un endroit plein de femmes nues. Mais je ressemblais davantage à un petit garçon intimidé. J'étais nerveux comme le sont les gosses quand ils doivent s'asseoir sur les genoux du père Noël dans le centre commercial et lui dire ce qu'ils veulent pour Noël.

Une des strip-teaseuses nous a tapé dans l'œil à tous les deux. Jusqu'alors j'avais eu un faible pour les brunes lunatiques, mais ce jour-là, j'ai découvert que j'aimais les blondes. Cette jeune femme était très blonde et elle avait les jambes les plus longues que j'avais vues de ma vie. Alors qu'elle me faisait un lap dance[4] elle s'est approchée si près que j'ai pu voir ses petits poils et qu'elle avait la chair de poule. J'étais sous le charme. Je l'ai payée pour qu'elle enchaîne lap dance sur lap dance. Chaque fois elle est allée un peu plus loin. Elle a frotté son visage contre mon entrejambe. Elle a bien écarté les fesses et m'a mis son cul sous le nez. Elle m'a mordillé l'oreille. C'était très romantique.

À un moment je lui ai redonné vingt dollars pour entreprendre Kalish. Elle est allée s'asseoir sur ses genoux. Je les ai regardé flirter. Leur conversation semblait devenir sérieuse. Ça m'a ennuyé et je suis parti.

Je l'ai revue un peu plus tard.

— Ton ami est quelqu'un de très sérieux.

— Je sais.

— Il semble très motivé.

— Tu lui as fait un lap dance ?

— Non, a-t-elle dit. Il voulait seulement parler de son boulot. Il m'a fait angoisser.

— Je suis désolé.

— T'inquiète. Il est très beau. J'ai plutôt aimé ça.

---

4. Danse érotique où la strip-teaseuse danse assise sur les genoux du client ou à son contact.

Kalish est rentré à l'hôtel mais pas moi et j'ai continué de boire et d'aller dans des clubs de strip-tease. Quand j'ai fini par regagner la chambre d'hôtel il était huit heures du matin et j'avais dépensé sept cents dollars. Kalish venait de se réveiller. Il voulait démarrer de bon matin.

Le seul endroit pas trop cher était l'aquarium. Il n'était pas grand. On s'y est baladés sans se presser, en observant toutes les créatures étranges et paisibles. Au fond il y avait les requins. De les voir ça m'a donné le vertige. Ils ne pouvaient rien faire d'autre que nager en rond. J'ai eu une envie soudaine, irrépressible, de jeter quelque chose dans l'aquarium. N'importe quoi aurait fait l'affaire. Mon portefeuille, une pièce de vingt-cinq cents, un stylo, mon appareil photo. Ça n'avait pas d'importance. Je voulais juste entrer en contact avec l'un de ces monstres d'une manière ou d'une autre. Mon envie s'est envolée, mais j'ai dit à Kalish que je voulais partir.

On a passé le reste de la journée à rouler jusqu'à Miami. Kalish était bien décidé à trouver un hôtel en bord de mer. Je lui ai dit que je ne pensais pas que ça en valait le coup, que ça serait trop cher. Il s'est énervé et s'est mis à me hurler dessus.

— Tu es déjà descendu dans un hôtel en bord de mer ?

— Non, jamais, ai-je répondu.

— Eh bien, alors comment tu peux bien savoir si ça en vaut le coup ou pas ?

Kalish a payé l'hôtel.

L'endroit était désert. J'ai arpenté les couloirs et croisé personne à l'exception de la femme qui travaillait à la réception. Je suis allé me promener pour trouver un endroit où acheter un soda ou peut-être un bar pour boire une bière, mais je n'ai rien trouvé.

Les nouvelles disaient qu'un front froid arrivait. On a espéré que c'était exagéré. À quel point un « front froid » pouvait-il être vraiment froid en Floride ? On a imaginé qu'au pire la température chuterait à 26 et au matin on est sortis en vitesse de l'hôtel en maillot de bain, en espérant passer une journée sympa à la plage.

Ce n'était pas sympa du tout. Le vent faisait voler le sable si violemment que ça piquait la peau. Il n'y avait personne sur la plage à part nous et un homme serrant son fils dans ses bras. Le pauvre petit garçon sanglotait tout en s'efforçant d'enlever le sable qui lui piquait les yeux. Ce n'était pas le Miami que j'avais vu sur les brochures. Il n'y avait pas de femmes en string prenant un bain de soleil. Il n'y avait pas de monsieur-muscles aux corps huilés. Il n'y avait que nous, ce père, et son petit garçon se frayant un passage dans un désert. C'était horrible.

Kalish a acheté quelques trucs puis on a décidé de rentrer à la maison. On a essayé de faire le trajet d'une traite, mais je n'en ai pas eu le courage. J'étais épuisé. On s'est arrêtés en Géorgie et on a pris une chambre dans un motel bon marché.

Il y avait deux lits jumeaux dans la chambre. Une fois la lumière éteinte on se serait crus en colonie de vacances.

— C'est amusant, hein ? ai-je lancé.

— Certes, a répondu Kalish. J'imagine que ce n'est pas l'horreur.

— On a vécu une véritable aventure. Même ces trucs avec Zoe. Ça fait partie d'une grande aventure.

— Vraiment ? Ça m'a semblé plus triste que drôle.

— Évidemment. Ça m'a écœuré mais, merde, on ne fait pas d'omelette sans casser d'œufs, pas vrai ?

— Je suis content que tu puisses voir les choses sous un angle aussi positif.

— Moi aussi, ai-je répondu. Tu sais quoi ? Je crois que j'ai enfin ce qu'il faut pour oublier cette fille.

— Ouais, et qu'est-ce que c'est ?

— Je ne sais pas, mais je suis sûr de l'avoir !

Cette nuit-là je me suis réveillé en sueur et en larmes. Zoe me manquait et il faisait chaud. La chambre ressemblait à un sauna. Tout en pleurant, j'ai titubé dans le noir, à la recherche du climatiseur. J'ai tourné le bouton jusqu'à ce que je sente de l'air frais en sortir. C'était bon. Je me suis essuyé le visage dans le souffle glacial de la clim avant d'aller me recoucher. La température de la chambre a chuté rapidement. Il n'a pas fallu longtemps pour que la pièce ressemble à une chambre froide. Je suis allé à la voiture pour prendre une autre couverture sur la banquette arrière.

J'ai très bien dormi cette nuit-là. J'étais bien au chaud sous toutes ces couvertures et je n'ai pas fait de rêves tristes à propos de Zoe.

Quand je me suis réveillé au matin, j'ai vu Kalish allongé en position fœtale, tremblant de tous ses membres.

— Il fait un putain de froid ici, a-t-il dit. J'ai à peine dormi. Il faisait tellement froid. Je crois qu'on devrait se faire rembourser.

Je ne pouvais pas le laisser aller à la réception pour se plaindre, puis voir sa gêne quand on lui expliquerait que la climatisation était réglée trop basse. Je devais cracher le morceau.

— Écoute Kalish, ai-je dit. Je dois te faire un aveu. Je crois que j'ai mis la climatisation la nuit dernière…

— Tu « crois » que tu aurais mis la climatisation ?

J'ai hoché la tête nerveusement. Kalish a examiné la climatisation et tourné le bouton jusqu'à l'arrêter.

— Je suis extrêmement contrarié, a-t-il dit.

— Je suis navré.

Kalish m'a regardé comme s'il voulait me frapper. Sa patience faiblissait. Il fallait que je fasse attention ou il allait craquer. Il me hurlerait dessus et me secouerait et je pleurerais. Tout deviendrait très compliqué. Je devais faire très, très attention ou c'en serait fini de nous.

Le retour a été dur.

10

Il était quatre heures de l'après-midi et je titubais en slip dans la cuisine, me grattant et bâillant, mais pas à cause de la fatigue. Non, je venais de me réveiller. Le voyage en Floride m'avait laissé un sentiment de gâchis. La bonne vieille angoisse que les femmes provoquaient en moi me manquait. C'était plus facile de calmer l'angoisse. Il suffisait de se laisser aller un peu et ensuite on pouvait se convaincre que ce qu'on ressentait était le vrai bonheur. L'angoisse avait disparu et elle avait été remplacée par une tristesse minable. Tout ce que je voulais c'était dormir.

La voiture de ma tante s'est arrêtée dans l'allée. Elle est entrée dans la cuisine l'air si fatiguée et abattue que même ses yeux semblaient être à la ramasse.

— Mon chéri, que fais-tu en slip ?

Tatie a sorti deux milk-shakes du congélateur.

— Je viens de me réveiller.

Je me suis assis et j'ai attaqué un des milk-shakes.

Tatie m'a regardé et a souri. C'était presque comme si elle était fière de moi.

— Je ne sais pas comment tu fais ça, a-t-elle dit.

— Faire quoi ?

— Je ne sais pas comment tu peux dormir autant. Quand je suis de repos je ne me lève jamais après dix heures du matin.

— J'ai presque oublié à quoi ressemble dix heures du matin. Le soleil est-il plus près de la terre à cette heure de la journée ?

Elle n'a pas compris la plaisanterie.

— Non. Je ne pense pas que ça marche comme ça.

— C'était juste une blague.

— Tu es un gros bêta. Elle marqua une pause. Où sont les chiens ?

— Ils sont dehors.

— Oh non, Dustin ! Il fait froid dehors ! Ils sont probablement en train de mourir de froid !

— Tatie, ce sont des chiens, ils n'ont pas froid comme nous autres. Ils ont des poils.

— Eh bien, je sais… mais… malgré tout…

Tatie est allée en vitesse ouvrir la porte de derrière. Les chiens sont rentrés en trottinant dans la cuisine. Ils étaient mouillés. Il avait plu.

— Oh, pauvres petits… est-ce que Dustin vous a laissés dehors dans le froid ?

J'ai jeté un coup d'œil et j'ai vu tatie assise par terre. Elle laissait les chiens lui lécher le visage. Ça m'a mis en colère. Quelque chose dans le comportement des chiens m'a fait me sentir trahi, comme si leur excitation était leur façon de confirmer à tatie que je les avais, en effet, maltraités.

— Quels sont tes projets pour ce soir ? a demandé tatie.

— De la recherche, ai-je répondu.

— Oh, vraiment ! Quel genre de recherche ?

— C'est compliqué, ai-je dit.

Ce n'était pas vrai. La recherche que je faisais n'est pas compliquée du tout. Ce n'était même pas de la recherche en réalité. Je me contentais de rester éveillé à regarder des rediffusions de vieilles séries. Avant tout, je regardais *Roseanne*. Elle était grosse et avait du bagout et me rappelait ma mère. Je regardais *Cosby Show* et *Cheers* et tout le reste, mais la seule série qui me touchait réellement était *Roseanne* car, me semblait-il, elle mettait en scène ma défunte mère. J'en étais arrivé au point où quand quelqu'un me disait du mal de la série, je considérais qu'on s'en prenait à ma mère.

Cette nuit-là j'ai reçu un coup de fil de Zoe pendant que je « faisais de la recherche » sur *Roseanne.* J'étais ravi qu'elle m'appelle. Après notre dispute en Floride j'avais pensé qu'il lui faudrait des mois avant de vouloir me reparler. Mais ça n'avait pris que quelques semaines.

— Qu'est-ce que tu fais ? a-t-elle demandé.

— Je regarde *Roseanne.*

— Beurk, a-t-elle répondu. Je déteste cette série.

— Pourquoi ?

— Roseanne est une garce. Elle est tellement grosse, bavarde et agaçante. Je ne comprends pas comment elle est devenue si célèbre…

— Elle me rappelle ma mère, l'ai-je interrompue.

— Qui est-ce qui te rappelle ta mère ?

— Roseanne.

— Eh bien, je suis désolée de l'apprendre.

Je n'ai pas su quoi répondre. J'ai voulu lui raccrocher au nez, mais j'avais attendu des semaines qu'elle m'appelle. Je savais que si je lui raccrochais au nez elle se fâcherait et qu'ensuite ça lui prendrait encore plus de temps pour me pardonner. Je n'ai donc pas raccroché mais je n'ai pas dit grand-chose. Je n'en étais pas capable.

11

Ma mère était pasteure de l'Église presbytérienne. La chose qu'elle a le mieux réussie au cours de son ministère c'était son groupe de jeunes. Elle n'attirait pas les gamins qui venaient généralement aux groupes de jeunes. Il n'y avait pas vraiment de profil type de la bonne âme. À la place elle attirait les asociaux, les tocards et les geeks. Et pas les geeks du genre malin, mais ceux qui sentaient mauvais et se rongeaient les ongles jusqu'au sang.

Ses préférés étaient une bande de gosses surnommés les Razmoket[5]. Quand j'étais en troisième c'étaient les seuls gamins à n'avoir pas encore atteint la puberté. On les surnommait ainsi car ils étaient si petits et avaient l'air tellement adorables et parce qu'ils cherchaient toujours à s'attirer des ennuis. À un moment donné ils ont essayé de changer le nom de leur bande en VPF, pour « Vrais Petits Frimeurs ». Les gens n'ont pas aimé l'idée qu'ils soient « frimeurs », ou qu'ils soient sexy, ou même sexués, vraiment. Ils étaient trop petits. Ils étaient les Razmoket. Au début ça les a mis en colère mais, en fin de compte, ils ont appris à accepter ce nom et l'ont adopté.

---

5. *Rugrats* (*Les Razmoket*, en français) est une série télévisée mettant en scène une bande de gamins déjantés.

C'étaient des durs à cuire. Pour la plupart ils aimaient transformer une bêtise banale en un truc qui vous mettait mal à l'aise. On jouait tous ensemble à sonner aux portes et alors l'un des Razmoket jetait une brique à travers la vitre d'une voiture de police. Malgré tout, quelle que soit la connerie qu'ils faisaient, ils donnaient l'impression de n'être rien de plus que des garnements, jamais les délinquants qu'ils aspiraient à être.

Ma mère les trouvait adorables. C'était bizarre. C'étaient des gamins vicieux – de vrais voyous – pourtant quand ma mère les voyait elle les serrait très fort dans ses gros bras comme s'ils étaient des chiots. Je n'ai jamais su ce qu'elle leur trouvait. Il n'y avait aucune raison pour qu'elle les aime autant.

Parfois je tentais de la persuader de les voir différemment.

— Tu devrais les voir avec les filles, disais-je. C'est monstrueux. Je ne sais pas pourquoi tu ressens le besoin de t'occuper autant d'eux. Ce sont des cons.

Et elle me répondait toujours la même chose.

— La compassion sans raison. C'est ça le Royaume des cieux.

Je n'aimais pas quand elle était comme ça. À l'entendre elle avait l'air d'une télévangéliste.

Peu de temps après la mort de ma mère, deux des Razmoket, Slim et Milz, ont été renvoyés du lycée. Ils étaient venus en cours shootés aux champignons et avaient agressé le proviseur avec un tuyau d'aspirateur. Cet incident n'avait pas nécessairement grand-chose à voir avec ma mère. Malgré tout, je me suis plu à imaginer que c'était une sorte d'hommage en son honneur et, même si cet hommage n'avait rien de très délicat, je l'ai apprécié à sa juste valeur.

Je me suis mis à les regarder très différemment. À mes yeux leurs pitreries n'étaient plus simplement de l'humour, elles ont commencé à me paraître étrangement libératrices. Je pouvais comprendre l'attirance de ma mère à leur égard. Du moins c'est ce que je me disais. Je ne voyais pas en quoi le Royaume des cieux avait quelque chose à y voir, mais ça me faisait du bien d'être proche de ces gamins et je me suis fixé comme objectif d'être leur ami.

Ils ne m'appelaient pas souvent mais quand ils le faisaient je répondais avec enthousiasme, comme si j'étais vieux et sénile et qu'ils étaient des petits-enfants que leurs mamans obligeaient à appeler leur papi et, même si je savais qu'ils étaient de sales petits morveux, je les aimais parce qu'ils avaient de petites voix douces et me détournaient de mon habitude de toujours tout analyser et de pleurer sur des choses comme les femmes et la mort et la non-mort et ma tante. Et puisque je ressentais le besoin d'être avec eux, je refusais de voir à quel point ils pouvaient être débiles et cruels.

Jesse était le chef. C'était un petit bonhomme avec des cheveux en pétard couverts de gel et des fentes à la place des yeux. Il y avait chez lui quelque chose de malfaisant. Cependant, il émanait également de lui une réelle séduction, une intelligence qui se manifestait par son humour et sa capacité à transformer la soirée la plus anodine en quelque chose de totalement décadent. Slim et Milz l'accompagnaient la plupart du temps. Ils étaient du même genre que Jesse, sauf qu'ils n'étaient pas du tout intelligents et bien trop renfrognés pour faire le mal.

Ça m'a fait du bien de les voir. Depuis de semaines je n'avais vu personne d'autre que tatie. La cohabitation devenait difficile. Elle dormait sur le canapé plutôt que dans sa chambre et il n'était pas facile d'aller et venir dans la maison sans la réveiller. J'ai dû demander à Jesse, Slim et Milz de me retrouver dans le garage pour que tatie ne nous entende pas.

Jesse était installé dans un fauteuil inclinable déglingué tandis que Slim et moi étions assis sur la tondeuse à gazon. Milz était planté là, l'air revêche dans son débardeur et avec ses yeux de chat. Il se roulait un joint sans se presser. On attendait.

— J'ai entendu dire qu'il y avait une fête chez Murph, a dit Jesse.

— Il devrait y avoir des strip-teaseuses, a ajouté Milz.

Slim s'est énervé.

— Il n'y aura rien d'autre que des vieux là-bas. Quelle connerie de dépenser du fric pour ça. Si je me payais des strip-teaseuses je leur dirais simplement de se foutre à poil et de rester là et ensuite, une fois bourré, je leur jetterais des tomates.

— Je ne dépenserais pas un rond pour ça, a déclaré Milz.

— J'aime bien les clubs de strip-tease, ai-je dit.

— Tu devrais te contenter de mater du porno, a lancé Jesse.

— Non, non, ce n'est pas pareil. Ce que j'aime c'est l'odeur. Et j'aime bien quand je peux voir qu'elles ont la chair de poule.

— Du Grimboli tout craché, a souligné Jesse. Payer une garce pour voir qu'elle a la chair de poule. Mais qui fait ça ?

Milz a terminé de rouler son joint. On a fumé. Jesse a commencé à divaguer grave. On a tous ri comme si on était des ados qui fumaient pour la première fois.

Tout ce que Jesse disait, il le déclamait comme s'il était un commentateur sportif.

— Regardez les mouettes. Regardez Grimboli. Regardez la chair de poule des mouettes. Grimboli adore la chair de poule. Grimboli adore les poules. Grimboli adore les burritos aux haricots et au fromage du 7-11. Putain y a qui au 7 ? Super Poète qui lit de la poésie à une mouette.

On a tous ri comme des hystériques, persuadés que c'était du pur génie comique.

— Merde alors ! Merde alors ! a-t-il poursuivi. Il faut aller au 7-11 et trouver ce putain de Super Poète.

Je ne savais pas qui était Super Poète. J'étais trop défoncé pour comprendre ce qu'était la poésie, encore moins Super Poète. La seule chose qui me venait à l'esprit était Walt Whitman et sa stupide barbe blanche de poète. Je l'imaginais nu près du feu, se masturbant tout en lisant ses propres poèmes, et rien d'autre. Mais ce n'était pas à lui qu'ils faisaient référence. Ils soutenaient que Super Poète était une personne bien vivante qui passait son temps au 7-11 du coin. Milz m'a même récité un de ses poèmes…

— Un petit garçon voit une araignée sur une toile. C'est une grosse araignée. C'est une vieille araignée. C'est une pauvre araignée. Que va faire le garçon, lui tirer dessus avec son bazooka ?

Jesse et Slim ont ricané comme des hyènes.

On est allés au 7-11, mais Super Poète n'y était pas. C'était parfait. Je ne croyais pas vraiment à son existence. Après le 7-11 on est allés à Heaven's Beach. Pas de Super Poète. Pas de poésie. Il n'y avait pas de vagues à la plage. La mer était immobile comme une immense flaque.

Finalement on a arrêté de le chercher. Jesse a appelé une fille. Elle n'habitait qu'à deux ou trois pâtés de maisons de la plage. On est allés chez elle et on s'est glissés au sous-sol, en faisant attention à ne pas réveiller ses parents. La fille avait quatorze ans ; elle était grande, juive, avec des cheveux noirs bouclés et une peau guimauve. Elle portait une robe noire qui était courte et si légère que le tissu paraissait à peine obéir à la loi de la gravité. Slim et Milz s'ennuyaient mais Jesse et moi étions complètement hypnotisés.

— Tourne un peu pour voir, lui a dit Jesse.

— Va te faire foutre, a-t-elle répondu. Tourne toi-même.

On était bien. Le sous-sol était meublé de canapés en cuir et elle a fauché quelques bières à ses parents. Jesse a continué d'insister pour qu'elle nous fasse une petite démonstration. Elle a résisté, mais Jesse ne lâchait pas l'affaire. Elle a fini par céder. Elle a tourné sur elle-même et sa jupe s'est soulevée au-dessus de son ventre ferme. Des aperçus de cul et de chatte épilée nous parvenaient à intervalle régulier dans des effets de lumière stroboscopique.

— Oh mec, oh mec ! s'est écrié Jesse. C'est dingue. Grimboli, t'adores ça. Putain t'adores ça. Ne le nie pas, gros tas. Je te montre la salope la plus dingue.

— J'aimerais autant regarder une plante, a fait remarquer Slim.

Il y a eu un bref silence puis Jesse s'est mis à rire.

Je suis resté là, fébrile.

— Qu'est-ce que t'as dit ? a demandé la fille.

— J'ai dit que j'aimerais autant regarder un rutabaga, a-t-il répondu.

Jesse, à ce moment-là, était par terre, hystérique.

— Bordel, qu'est-ce que t'as dit ? a-t-elle répété.

Jesse s'est relevé et a aussitôt repris son sérieux.

— Il t'a dit d'aller te faire foutre, salope !

La fille a piqué une crise. Elle s'est mise à nous hurler dessus, menaçant d'aller chercher son copain pour nous casser la gueule. Jesse and Slim ont continué de rire. Milz a tapoté quelque chose sur son portable.

Slim a continué de la provoquer.

— Ton copain est en train de se bourrer la gueule avec des strip-teaseuses connasse, petite merdeuse…

Elle s'est mise à balancer des trucs. Des bouteilles de bière, une lampe, ses chaussures. On est sortis de la maison en courant, montés dans ma voiture et on a filé. J'imaginais le père de la fille, armé d'un fusil de chasse à double canon.

Tandis que je conduisais Jesse a donné des coups de pieds au tableau de bord, faisant semblant de se battre avec la fille.

— Prends ça, et ça. T'aimes ça, pas vrai ? Prends ça !

J'ai décidé d'aller au 7-11. J'avais besoin de me calmer, de manger un truc merdique réchauffé au micro-ondes, et de le laisser s'enfouir en moi, gluant et pétillant comme de l'eau oxygénée sur un genou écorché.

Le parking du 7-11 était pratiquement désert. Il y avait un mec qui faisait nerveusement les cents pas. C'était une sorte de métèque sans cheveux et avec un nez crochu. Tout en marchant il se caressait les joues. Un camion de livraison s'est arrêté et il l'a regardé fixement comme si c'était le buisson-ardent de Moïse.

— Regardez ce mec, ai-je dit. Il a l'air fracassé, un vrai sac à merde.

Jesse a regardé l'inconnu puis s'est mis à sautiller sur place comme un gamin.

— Oh merde ! Oh merde ! Hé Slim, c'est Super Poète ! a hurlé Jesse.

On est tous sortis aussitôt de la voiture.

Je n'arrivais pas à y croire. Super Poète. Super Poète était réel.

Jesse m'a présenté et Super Poète m'a serré affectueusement la main. Nous avons parlé brièvement de la pluie et du beau temps puis il s'est mis à nous réciter de la poésie.

un petit garçon voit
une araignée
sur une toile. C'est
une grosse araignée. C'est
une vieille araignée. C'est
une pauvre araignée.
Que va faire le garçon,
lui tirer dessus
avec son bazooka ?

J'étais stupéfait. C'était exactement ce que Milz avait récité plus tôt.

— Veux-tu entendre un autre poème ? a demandé Super Poète.

J'ai hoché la tête.

— Eh bien, il est inspiré d'une femme que j'ai connue, a-t-il dit. Et tous les jours où je la voyais elle me disait bonjour et ça me rendait très heureux qu'une aussi grande et jolie rousse fasse ça et un jour elle s'est mariée et alors elle m'a dit de ne plus l'approcher parce que j'avais touché son ventre et j'ai dit d'accord et je lui ai obéi car c'est assez agréable que quelqu'un d'aussi joli dise bonjour une fois sans parler du tas de fois comme elle l'avait fait. Et voilà le poème.

— Merde alors, a dit Jesse. Merde alors. Vous avez entendu ça ? C'est le poème. Oh, mec, c'est carrément fou. C'est carrément dingue.

— Bon, il faut que j'y aille, a-t-il dit. Les garçons soyez sympa les uns avec les autres et ne dormez pas trop. Vous m'avez compris ?

On a tous hoché la tête.

Il a dit au revoir et s'est éloigné. Il semblait se réciter encore de la poésie pour lui seul, quelque chose à propos d'une pierre.

— Milz, combien de fois tu l'as entendu réciter ce poème avec le bazooka ? ai-je demandé.

— Une seule fois, a-t-il répondu. Pourquoi ?

— Comment tu as fait pour le retenir si précisément ?

Il m'a répondu, l'air furieux.

— De la même façon que je retiens tous les numéros des plaques d'immatriculation que je vois, a-t-il dit.

— Tu peux faire ça ?

Il a hoché la tête.

Je suis rentré à la maison, en sachant que je trouverai facilement le sommeil. Super Poète s'était dissous en moi comme un somnifère. J'ai déposé Jesse, Slim et Milz. Tout ce que j'avais à faire c'était me faufiler jusqu'à mon lit sans réveiller tatie.

Ce qui n'était jamais facile.

— Dustin, c'est toi ?

— Oui, tatie. Rendors-toi.

— Tu m'as réveillée.

— Je sais, je suis désolé.

— C'est bon.

12

Cette nuit-là, après avoir écouté Super Poète, j'ai rêvé du ferry que je devais prendre pour aller de Sag Harbor à Shelter Island. Il y avait un grand barbecue à bord et ma mère était là. Elle mangeait un épi de maïs. Et voilà. Il n'y avait rien d'autre dans mon rêve, juste le ferry, ma mère, et un épi de maïs. Quand je me suis réveillé j'avais une gueule de bois carabinée et j'ai tiré la couverture sur ma tête pour me protéger du soleil.

Un des chiens s'est mis à gratter à la porte. Je l'ai entendu ouvrir la porte. Je lui ai dit de ficher le camp mais il n'a pas écouté. Il est resté là à gémir. Je me suis retourné pour affronter la bête. C'était Maude, en train de gémir. Traînant derrière elle une crotte de plus d'un mètre vingt. Elle avait mangé une chaussette et le tissu s'était mêlé à ses excréments.

— Tatie ! ai-je hurlé. Viens m'aider !

Ça faisait longtemps que je n'avais pas hurlé ainsi. Quand j'étais gamin je le faisais en permanence. Chaque fois que je perdais quelque chose je hurlais pour qu'un adulte, généralement ma mère, vienne m'aider.

— Dustin, mon chéri, qu'y a-t-il ? a braillé tatie de l'autre bout de la maison.

— Viens là ! Vite ! Dépêche !

Elle a accouru. Notre maison n'était pas grande aussi ça ne lui a pris qu'une seconde, mais elle donnait l'impression d'avoir escaladé une montagne. Son visage était rouge et en sueur, son regard était hagard, presque enragé. Elle ferait n'importe quoi pour me protéger, disaient ses yeux. Elle soulèverait une voiture ou tuerait quelqu'un s'il le fallait.

— Qu'y a-t-il ?

Je lui ai montré la crotte. Maude la traînait tout autour de ma chambre, laissant une trace de boue cacateuse.

Tatie a semblé soulagée.

— Oh, Maude a encore dû monter dans le tiroir à chaussettes, a-t-elle dit.

Elle a sorti de sa poche un sac en plastique et, s'en servant comme d'un gant, a tiré d'un coup sec le reste de la crotte de Maude.

— Elle est vraiment très longue cette fois, a-t-elle souligné.

J'étais horrifié. Où habitais-je ? Quel était cet endroit ?

La chienne, enfin libérée de ses chaînes cacateuses, s'est mise à courir dans tous les sens.

— Eh bien, regarde-la, a dit tatie. Maude est en pleine forme maintenant qu'elle vient de faire caca.

Tatie est allée dans la salle de bains et a jeté la crotte dans les toilettes.

Maude avait également l'habitude de manger des sacs en plastique et de chier une sorte de méduse engluée dans du goudron. Tatie ne semblait guère se préoccuper de ces choses-là. On aurait dit qu'elle trouvait ça mignon.

— Gentille fille, a-t-elle dit après avoir fait sortir la chienne, va terminer dehors. Seigneur, on dirait que tu as mangé tout le panier à linge cette fois.

Maude rentrerait en courant et tatie serait fière.

Harold demandait moins d'attention. Il était calme. Du moins, avant la mort de Maude. Quelques semaines après la première fois où j'ai vu Maude chier une chaussette elle est morte de troubles digestifs. Tatie était anéantie.

— Je pense que ta mère lui manquait, m'a-t-elle dit un soir quand elle a fini de s'arrêter de pleurer. Et elle savait que si elle mourait elle serait de nouveau avec elle. C'est bien. Elles s'aimaient beaucoup toutes les deux et je suis sûre qu'elles sont heureuses. Désormais, c'est Harold qui m'inquiète. Il va se sentir vraiment très seul.

— Ça va bien se passer, l'ai-je rassurée. On va s'occuper de lui.

Je l'ai prise dans mes bras et l'ai laissé pleurer. Harold était dehors. Il courait dans tous les sens, apparemment très heureux.

13

Tatie est devenue de plus en plus difficile à supporter. Elle broyait sans cesse du noir et pleurnichait constamment sur le prix de la nourriture pour chiens et l'injustice dont son nouveau patron faisait preuve à son égard. C'était comme vivre avec Bourriquet dans *Winnie l'ourson*, mais en moins mignon.

J'en suis arrivé à faire la sourde oreille. C'est dégueulasse de faire ça à quelqu'un mais c'était plus fort que moi. Parfois j'en arrivais même à ne plus pouvoir l'écouter et lui demandais d'arrêter.

— Je suis désolé, disais-je, mais j'essaie de lire.

Elle s'excusait, allait dans la salle de bains contiguë à ma chambre, et se mettait à pleurer. Jamais quelque chose ne m'avait autant tapé sur les nerfs. C'était épouvantable. C'était comme se sentir sale.

Je restais le moins possible à la maison et me suis mis à traîner de plus en plus souvent avec les Razmoket. On allait au Willies, un bar de Southampton.

Je n'y étais pas vraiment à ma place. Même si je m'efforçais de m'habiller « chic » au final je ressemblais toujours à un camion-benne. Les femmes ne m'y prêtaient guère attention.

Il y a eu deux filles, pourtant… Un soir qu'on en avait eu marre et qu'on était partis tôt, on les avait trouvées assises sur ma Honda sur le parking. De loin elles se ressemblaient comme deux gouttes d'eau. Elles avaient toutes les deux des cheveux blonds décolorés jusqu'aux épaules et portaient toutes les deux un jean délavé et un chemiser blanc moulant. En s'approchant on s'est vite aperçus que l'une était beaucoup plus jeune que l'autre. Elles se sont présentées. La plus jeune se faisait appeler Mel-Mel. Elle avait notre âge, environ vingt-deux ans, tandis que la plus âgée, Jerika, avait la trentaine.

On leur a proposé de faire une balade en voiture, mais on n'avait pas assez de places. Mel-Mel s'est installée à l'arrière, allongée sur Slim, Milz, et les genoux de mon pote Benedict. Jerika s'est assise devant, blottie contre Jesse.

La balade a été pénible. La voix de Jerika était aussi stridente que gênante.

— Je veux de la cocaïne ! a-t-elle crié. Je veux de la putain de coke ! Hé les lavettes, y en a un qui a de la coke ?

Milz a ricané.

— Cette garce est carrément grave.

— Qu'est-ce que t'as dit ? a hurlé Jerika.

Jesse s'est efforcé de la calmer.

— Rilax ma poule, il drague c'est tout.

— Enlève ta main de mon cul ! a hurlé Jerika.

— Je ne vois absolument pas de quoi tu parles, a-t-il répondu.

J'ai jeté un coup d'œil. Le jean de Jerika était slim mais allez savoir comment Jesse y avait glissé ses mains. Il m'a regardé et m'a fait un clin d'œil.

— Écoutez, a repris Jesse. Je crois qu'on est bien partis. Les filles vous êtes mignonnes. Il est évident que vous aimez faire du gringue et vous faire peloter et peut-être même tâter du zob. Alors si on arrêtait les conneries et on allait faire la fête chez vous ?

Les filles ont éclaté de rire.

— Nos colocs vous détesteraient les mecs ! a hurlé Jerika.

— Pourquoi ? a demandé Benedict.

— Parce que vous n'êtes qu'un ramassis de lavettes et que nos colocs sont une bande de grands Blacks.

— Les Blacks nous adorent, a répondu Jesse.

Jerika nous a dit que de toute façon elle ne voulait pas rentrer, qu'elle voulait aller au Limbo, un bar à Noyac. J'ai accepté.

Tandis qu'on roulait j'ai entendu Slim parler de la fille de la banquette arrière.

— Benedict, qu'est-ce que tu fous, a-t-il demandé. Roule-lui donc une pelle. Putain, si tu le fais pas je vais m'y coller.

J'ai commencé à entendre des borborygmes aussi j'ai réglé mon rétroviseur pour voir ce qui se passait. Benedict était prude, c'était de notoriété publique. Il était beau gosse et s'habillait mieux que nous tous, mais il se comportait bizarrement avec les femmes. Ça m'a excité de le voir à l'arrière en train d'embrasser cette fille. Ça n'avait pourtant rien de romantique. Slim lui pelotait les seins pendant que Milz jouait avec sa chatte. On pouvait dire que Slim et Milz n'y prenaient même pas plaisir, qu'ils s'appliquaient simplement à se conduire comme des vauriens. Mel-Mel n'avait pas la moindre idée de ce qui se passait. Elle était trop bourrée.

De l'extérieur, le Limbo ressemblait à un bar de Key West. La façade présentait une déco tropicale kitsch. À l'intérieur cependant, c'était sordide. Il n'y avait personne d'autre que nous, la barmaid et un vieux presque endormi sur le comptoir. Benedict suivait Mel-Mel comme un petit chien. De temps à autre elle craquait et l'embrassait en vitesse.

Slim et Milz ont trouvé du Billy Joel dans le juke-box. Ça m'a étonné qu'ils soient de si grands fans de sa musique. Ils semblaient le genre de mecs à n'écouter que du rap, peut-être un peu de RnB en cachette.

— J'aime Billy ! n'arrêtait pas de hurler Slim. Billy c'est du lourd ! Écoute ça gamin. Ce truc sort tout droit du ghetto.

Milz et lui se sont mis à chanter en chœur *Up Town Girl.*

Je suis resté au bar à observer. Ils semblaient tous si incroyables en cet instant, avec Benedict tout amoureux et les Razmoket chantant Billy Joël. C'est sympa, ai-je pensé. C'est une soirée sympa.

Pendant que Benedict était aux toilettes Mel-Mel m'a rejoint. On a commencé à flirter. Les Razmoket avaient mis *We didn't Start the Fire*[6].

Au moment où Benedict est sorti des toilettes Mel-Mel s'est penchée et s'est mise à m'embrasser. Elle m'a mordu les lèvres. Ça m'a blessé, mais pas assez pour que ça saigne.

— Je viens de te mordre, a-t-elle dit quand elle m'a lâché.

Je l'ai embrassée à mon tour. Tout en douceur cette fois, sans la mordre.

— Salope ! ai-je entendu Jesse hurler.

J'ai reculé en pensant qu'il s'adressait à nous. Mais non. Il s'en prenait à Jerika, à coups de poing. Elle l'avait griffé au visage et il saignait.

Le mec qui dormait s'est réveillé et a titubé jusqu'à Jesse.

— Ce fils de pute m'a tripoté les nichons, Bruno, fous-le dehors !

— Sale pute ! a hurlé Jesse.

Mel-Mel m'a frappé au ventre et je me suis plié en deux.

— Qu'est-ce que t'as fait à ma copine ? a-t-elle hurlé.

— Rien du tout ! ai-je répondu.

Elle a essayé de me donner un coup de pied mais j'ai attrapé son pied puis l'ai tordu et elle est tombée par terre.

— Les mômes vous feriez mieux de partir, nous a dit Bruno en s'efforçant d'être aussi diplomate que possible.

— Et comment ! a répondu Slim en riant. On se croirait dans *Une nuit en enfer*[7]. Tout semblait bien se passer jusqu'à ce que vous autres, bande de psychotiques, vous pétiez un câble.

6. Chanson de Billy Joel.

7. *From Dusk Till Dawn*, film de Robert Rodriguez (1996), sur un scénario de Quentin Tarentino, avec notamment George Clooney, Quentin Tarentino et Harvey Keitel.

J'ai jeté un coup d'œil à Jesse. Il était devenu complètement dingue. Il a grogné, s'est penché en avant et s'est mis à piaffer comme un taureau. C'était ce qu'il faisait quand on était petits et qu'on jouait à la guerre dans la cour de récréation. Son imitation du taureau avait tendance à désorienter son adversaire, ce qui en faisait une stratégie de combat étonnamment efficace.

— Qu'est-ce que fout ce petit enculé ?

Bruno avait l'air largué.

Jesse a chargé, tête la première dans l'entrejambe de Bruno, le renversant sur le sol poisseux du bar.

— Il a tué Bruno, ai-je entendu Mel-Mel bredouiller tandis qu'elle s'affalait par terre à ses côtés.

Bruno s'est relevé lentement. Il a menacé de nous casser la gueule.

— Tu vas nous casser la gueule ? a hurlé Slim. Bien, vas-y. Putain, je vais te montrer.

Slim s'est mis à se cogner le visage.

— Allez, frappe-moi. Je m'en fous.

— T'es complètement fou, a gémi Bruno.

La situation commençait à dégénérer. J'ai tenté de persuader les Razmoket de partir.

— Jesse, je suis fatigué, ai-je dit. Je ne veux pas me faire cogner.

Au début il s'est foutu en rogne.

— J'y crois pas, a-t-il répliqué. T'es censé être de notre côté.

J'ai trouvé ça adorable qu'il me parle de cette façon. Une partie de moi voulait se battre juste par esprit de camaraderie. Jesse savait se montrer très convaincant. Il vous donnait toujours l'impression d'appartenir à la bande.

— Je suis de votre côté. Je veux partir c'est tout, ai-je répondu.

— Tu me déçois.

J'ai entendu le bruit d'un fusil qu'on armait. C'était la barmaid. Elle avait un fusil de chasse.

— Cassez-vous ! nous a-t-elle crié.

On est tous sortis en courant et on est montés dans la voiture. Personne n'a parlé pendant le trajet du retour. Benedict donnait l'impression de pleurer. Ou peut-être était-ce ce que j'avais envie de croire. Mon âme était comme irritée et boursouflée. Quelques larmes auraient eu une vertu apaisante, comme une sorte de baume.

14

Le dénommé Murphy faisait venir des strip-teaseuses pour faire la fête chez lui un week-end sur deux. C'était devenu un spectacle populaire à Sag Harbor. Les Razmoket étaient les seuls à refuser d'y assister. Comme Benedict et moi étions curieux, on a décidé d'y aller sans eux.

Je m'étais attendu à ce que la fête soit bien plus saine. J'avais imaginé qu'elle débutait comme une fête normale avec des strip-teaseuses surgissant finalement de gros gâteaux, voire qu'elles se présentaient à la porte en petite tenue. Mes références tenaient davantage du cinéma que de ma propre expérience et pour cette raison j'étais souvent déçu.

La fête se déroulait dans le sous-sol de Murphy. Il y faisait assez sombre. Des lampes-tempêtes éclairaient la zone autour du tonnelet et des six strip-teaseuses. Elles étaient réparties deux par deux, avec les types rassemblés tout autour pour regarder les filles se brouter la chatte. La plupart étaient des vieux. Le père de Slim était là, agenouillé près des strip-teaseuses. Il avait le visage horriblement grêlé et paraissait plus attaché à conspuer les filles qu'à les regarder.

— Allez, beuglait-il. Il faut brouter cette chatte ! Ouais, ouais, il faut vraiment la brouter ! Nom de Dieu ! Il faut que j'apprenne à ces filles comment brouter une chatte, pas vrai !

Les autres types ont rigolé.

Je m'ennuyais. La danse était une partie importante du spectacle. C'est à ce moment-là qu'une strip-teaseuse affiche sa confiance. C'est à ce moment-là qu'elle affirme son pouvoir. Ces strip-teaseuses-là ne dansaient pas, elles se broutaient la chatte. Elles s'étaient mises en danger trop vite et les types étaient trop gros et trop braillards et ça me dégoûtait de me trouver parmi eux.

Finalement les filles se sont interrompues et ont commencé à faire le tour de pièce avec des seaux pour récolter les pourboires. Elles étaient petites et noires avec des têtes rondes de poisson. Quand un type leur donnait plus d'un dollar de pourboire elles le laissaient leur donner une claque sur les fesses ou suçoter un téton.

J'ai vu un autre mec que je connaissais. Il s'appelait Dwight. Il avait aidé ma mère à diriger son groupe de jeunes. Il était toujours défoncé et avait de bonnes histoires. Physiquement, c'était un ours sans poils. Mais il était aussi doux qu'un Terre-Neuve. On aimait tous Dwight. J'étais sur le point de le rejoindre pour lui dire « salut » quand une strip-teaseuse l'a intercepté. Dwight lui a donné un billet de dix dollars et elle l'a laissé lui téter les seins. Quand il a eu terminé il a regardé ses amis et a éclaté de rire.

— Mon vieux, cette fille m'a chauffé à blanc ! Ma femme va y passer ce soir qu'elle le veuille ou pas !

Nos regards se sont croisés puis détournés, honteux.

Benedict avait lui aussi l'air perturbé par tout ça. Il m'a dit que les strip-teaseuses avaient agressé la copine de Murph et qu'elle était partie en pleurant. La copine de Murph, Natalia, n'avait que quinze ans mais elle jouait la dure et c'était déconcertant d'apprendre qu'elle s'était mise à pleurer.

— Je suis allé la chercher, a-t-il poursuivi. Je l'ai trouvée dans sa voiture et mec elle était furax. Elle disait des saloperies sur Murphy et que c'est un méchant et quand je lui ai conseillé de le quitter, elle m'a regardé comme si j'étais fou, elle était genre à dire des conneries comme quoi il l'aimait. Elle n'arrêtait pas de répéter : « Tu devrais voir comment il peut être ». Putain, elle a perdu l'esprit mec.

— Quand les gens tombent amoureux, lui ai-je répondu, c'est dur pour eux d'imaginer que la personne qu'ils aiment ne les aime pas en retour.

— Tu as sans doute raison…

Quand je suis rentré à la maison j'ai trouvé tatie debout, en train de manger un milkshake. Je l'ai écoutée se plaindre de son travail et dire combien Maude lui manquait et à quel point elle avait de la peine pour Harold. Et, comme toujours, Harold semblait aller très bien. Il sautillait partout en aboyant après les ombres et la poussière qui y tournoyait.

15

Je me suis réveillé en pensant qu'il était tôt. Sauf que le soleil se couchait, il ne se levait pas. La lumière n'avait pas ce violent éclat bleu. Je n'entendais pas les oiseaux. Comme si en me réveillant si tard j'avais donné un nouveau rythme et une nouvelle dimension à ma vie. Je voyais encore l'ancien monde. Je voyais encore tatie rentrer du travail et le chien courir en rond dans le jardin, mais je voyais tout ça au travers d'une lentille terne et graisseuse.

Tout paraissait sale. La poussière dansait partout. Mes vêtements empestaient. Je portais la même tenue depuis des semaines. Mes fringues sentaient probablement mauvais depuis un moment mais il m'avait fallu en arriver là pour en prendre conscience. Je me suis déshabillé et ai commencé à chambouler ma chambre pour trouver quelque chose d'autre à mettre. Mais tout puait la mort. Il y avait quelques pantalons propres mais je ne rentrais plus dedans. J'avais grossi. La faute aux milk-shakes, ai-je pensé. Tatie, sale garce. Elle voulait me faire grossir.

Je me suis regardé dans le miroir. Mes vergetures s'étaient étendues. Elles étaient aussi rouge vif que le coucher du soleil.

J'ai songé à aller en ville à pieds. Ce n'était pas loin, un peu plus d'un mile. Quand j'étais adolescent je le faisais souvent.

Au lycée, notre professeur de sport nous faisait marcher un mile quand on refusait de participer aux activités qu'il proposait. J'étais angoissé et participais rarement à quoi que ce soit. J'avais convaincu tant bien que mal le proviseur de me dispenser de cours de sport et de compenser en rentrant à pied du lycée à la maison. À mon sens ça revenait au même. Dans les deux cas, je marchais un mile. Le lycée s'est rendu à mes arguments. Ma mère a été troublée par ma capacité à manipuler mon monde. Elle a cru que je me « conduisais comme un enfant gâté. »

La première semaine j'ai trouvé amusant de rentrer à pied. Je n'ai pas regretté mon choix jusqu'au jour où j'ai dû marcher sous la pluie. J'avais appelé ma mère, lui demandant de venir me chercher, mais elle avait refusé. « Comme on fait son lit on se couche », a-t-elle dit. Il a beaucoup plu cette année-là. J'avais l'impression qu'il pleuvait chaque fois que je rentrais à la maison. Même quand il tombait de la grêle, elle refusait de venir me chercher. Je rentrais à la maison trempé et elle se moquait de moi et je boudais et me précipitais dans ma chambre.

Maintenant que j'étais plus âgé je percevais toute l'ironie de la chose. Putain. J'aurais fait n'importe quoi pour qu'il pleuve cette nuit-là. Ça m'aurait purifié. Ça aurait peut-être même fait disparaître les vergetures de mon ventre.

Mais au lieu de marcher, j'ai préféré faire le ménage. Il était dix heures du soir quand j'ai décidé de passer l'aspirateur. J'ai aspiré ma chambre une dizaine de fois avant de me rendre compte que l'aspirateur ne fonctionnait pas.

— Depuis quand est-il cassé ? ai-je demandé à tatie.

— Mince alors, je ne sais pas. Je n'ai pas réussi à faire marcher ce truc depuis que je me suis installée ici.

— Personne n'a passé l'aspirateur dans cette maison depuis ton arrivée ?

— Non, je ne crois pas.

Après avoir fait la vaisselle, j'ai ramassé mes vêtements et suis allé dans la buanderie. Le lave-linge était plein de soutiens-gorge et de polos humides et moisis. J'ai demandé à tatie si elle pouvait s'occuper de ses vêtements pour que je puisse me servir de la machine. Ça sentait fort le moisi. L'odeur en imprégnait la buanderie et la cuisine. Tatie est arrivée en se dandinant et a mis les vêtements humides dans le sèche-linge.

— Je suis navrée, a-t-elle dit.

— C'est bon.

J'ai commencé à fouiller dans mes vêtements, à la recherche de pièces de monnaie. Tatie était dans la cuisine, en pleurs. Je suis resté devant la machine en faisant semblant de trier mon linge.

Elle a fini par s'arrêter.

Je l'ai entendu le clic de la laisse que l'on accroche au collier du chien.

— Allez, Harold, ai-je entendu tatie dire. Allons-y. On doit se trouver une nouvelle maison.

Je suis resté là aussi immobile que possible jusqu'à ce qu'ils soient partis. Et j'ai attendu jusqu'à ce que j'entende sa voiture démarrer et s'éloigner.

Il était dix heures trente du soir. Où allait-elle trouver un toit ? C'était absurde.

Ma mère avait l'habitude de se plaindre du comportement parfois passif-agressif de tatie. J'avais toujours cru qu'elle exagérait et que tatie était tout simplement triste.

Je me suis assis sur le lave-linge et l'ai senti ronronner sous moi et j'ai pensé à tatie. Même plus jeune j'avais conscience de sa tristesse. Chaque Noël elle allait voir sa mère dans l'Ohio. Elle n'aimait pas sa mère. À la fin du dîner de Noël, elle revenait en hâte à Long Island pour être avec nous. Elle conduisait toute la nuit et arrivait chez nous le lendemain à peu près à l'heure du dîner. Alors on avait un second Noël, une chose que, en tant qu'enfant, j'adorais bien évidemment. Malgré tout, j'avais conscience que quelque chose n'allait pas. Tandis que j'ouvrais les cadeaux qu'elle m'avait faits elle restait assise à me regarder, en pleurs. Ses pleurs me faisaient tellement peur que j'appelais mes parents, de la même façon que j'avais appelé tatie quand Maud avait chié la chaussette.

Ma mère était triste elle aussi, mais d'une façon très différente de tatie. Les deux femmes avaient eu une enfance difficile, mais elles avaient appris à faire avec chacune à sa façon. Ma mère portait sa tristesse comme une immense difformité. On aurait dit qu'elle avait un éléphantiasis de l'âme. Et elle ne prenait pas la peine de l'amputer. Elle avait appris à le porter, à le trimballer et à s'en accommoder, et même à en jouer. Sa tristesse la rendait excessive. Et par moments c'était pesant. Certaines nuits ma mère pleurait si fort que je pensais qu'elle était folle. Mais c'était cette même tristesse qui était à l'origine de sa compassion pour autrui, raison pour laquelle les membres de sa congrégation l'adoraient.

La tristesse de tatie, quant à elle, était une tristesse collante. Une tristesse qu'il fallait choyer. Elle boudait sans cesse. Tout son être en était infecté. Cette tristesse vous accrochait, puis s'incrustait en vous tel un hameçon. Au lieu de créer de la compassion, elle s'en nourrissait. Elle aspirait votre compassion et la mastiquait comme un chien ronge un os.

Vers la fin de sa vie, ma mère avait souffert mille morts pour prendre ses distances d'avec tatie. Elle en était arrivée à ne plus la voir que le lendemain de Noël. Même alors, les relations étaient tendues entre elles.

Le dernier Noël que je me rappelle avoir passé dans ces conditions, j'avais dix-sept ans.

— Je suis désolée, répétait-elle. Je ne voulais pas gâcher votre soirée.

— Ce n'est pas le cas, lui ai-je assuré.

Et alors elle a regardé ma mère.

— Bon, Chris, je sais que tu ne veux plus que je fasse ma lessive ici, mais comme c'est Noël, je pensais que je pourrais peut-être en faire une ou deux ?

— Non, a répondu ma mère. Non, Hilda.

À l'époque je n'ai pas compris pourquoi ma mère était d'une telle froideur. Il ne s'agissait que de lessive. Désormais je comprenais le degré d'anxiété que généraient les ruses de tatie. Désormais je comprenais le courage qu'il fallait à ma mère pour ne pas mordre à l'hameçon.

Tatie est partie un peu moins d'une heure. Quand elle est rentrée j'étais dans la cuisine à l'attendre. Harold était mouillé. Elle l'avait très probablement emmené près de l'océan.

— Tatie, qu'est-ce que c'était que ça ?

— Quoi donc, mon chéri ?

— Tu es sortie chercher un appartement au milieu de la nuit, rien que ça. C'est dingue. Dis-moi ce qui se passe, bon sang.

Elle s'est mise à faire les cent pas. Je me suis levé et approché d'elle. Dès qu'elle a vu que j'étais à côté d'elle elle s'est agrippée à moi et a éclaté en sanglots. Je l'ai serrée et embrassée sur le front. J'ai essayé de lui parler gentiment.

— Tatie, qu'est-ce qui se passe ?

— Je veux seulement être gentille avec toi ! Je veux seulement te rendre cette maison agréable ! Mais je n'arrête pas de tout gâcher !

— Non. Ce n'est pas le cas. Ce n'est pas du tout le cas. Pense à tous les milk-shakes que tu me prépares.

J'ai entendu son rire résonner contre ma poitrine.

— Oh Dustin, a-t-elle dit. Tu n'es qu'un âne.

16

J'espérais que les choses s'arrangeraient après cette nuit-là, que je serais capable de m'occuper d'elle, mais ça s'est avéré plus épuisant que je ne l'avais imaginé. Cette femme me vidait. Tout ce qu'elle me disait m'angoissait. Il était toujours question du chien et de son travail et du chien et de son travail et est-ce que je voulais une glace ?

Je n'avais jamais été aussi indifférent avec quelqu'un que je ne l'étais devenu avec cette femme. Elle pouvait bien être bouleversée, elle pouvait pleurer à chaudes larmes, je restais sans réaction, vaquant à mes occupations comme si elle était un chien, quémandant de la nourriture.

Un soir elle est rentrée à la maison avec un gâteau. C'était un gâteau glacé de chez Carvel, en forme de baleine.

— C'est pour quoi faire ? ai-je demandé.

— Eh bien, c'est mon anniversaire, j'ai donc pensé que je pourrais aussi bien m'acheter un gâteau, a-t-elle répondu.

Elle m'en a offert une tranche.

— J'aime par-dessus tout le gâteau glacé, ai-je dit.

— Je sais, a-t-elle répondu. C'est pour ça que j'en ai acheté un.

Elle a pleuré tandis que je mangeais le gâteau.

Dehors j'entendais Harold qui gambadait et aboyait pour un rien.

17

Je me suis réveillé à quatre de l'après-midi et me suis mis à regarder la télévision. Il y avait un marathon *Star Trek* sur Syfy. Au début je me suis senti gêné de prendre autant de plaisir à le regarder. Ce n'était même pas la série originale, ni même *La Nouvelle Génération*. C'était une série dérivée bizarre avec le mec de *Code Quantum*. C'était nul. J'avais vu de la meilleure science-fiction en regardant des femmes à gros seins se crêper le chignon dans les talk-shows. Je me suis dit que je continuais mes « recherches ». Merde, ai-je pensé. Il y a peut-être quelque chose de précieux à retirer de la façon dont la science-fiction médiocre affecte le cerveau des mecs seuls, comme moi. Je pourrais peut-être apprendre à écrire ce genre de connerie et gagner de l'argent. Merde.

À treize ans j'étais obsédé par *Star Trek*. Ma chambre était remplie d'un attirail estampillé *Star Trek*. J'avais l'encyclopédie, mais aussi les plans de l'*Enterprise* original. Mon cousin, Wayne, vivait au sous-sol. Il a essayé de me dire qu'en réalité *Star Trek* n'était pas du tout « cool », que c'était, en fait, particulièrement ringard. Je ne l'ai pas cru. Puis je suis allé à ma première convention. Ce n'était rien d'extravagant, juste une petite conférence donnée au Suffolk Community College par un homme qui avait réalisé quelques-uns des premiers épisodes. Il n'y avait pas grand monde. Et il n'y avait que des nerds. Mais pas des nerds habituels. Ces mecs étaient ringards d'une façon morbide et pénible à voir. Au premier rang trois sièges étaient occupés par un seul homme. Je n'avais encore jamais vu quelqu'un d'aussi obèse. Mes parents étaient gros, tout comme ma tante et mes grands-parents, mais c'étaient des êtres humains en bon état de marche. Ils n'étaient pas sexy, mais ils pouvaient descendre dans la rue sans qu'on les regarde comme des monstres. Le corps de cet homme ressemblait à deux yeux reliés à une boule de chair. Les deux autres membres du public se sont fâchés contre le conférencier quand il a laissé entendre qu'un de leurs épisodes préférés était le plagiat d'un épisode de *La Quatrième Dimension*. Les nerds ont piqué une crise, s'efforçant de lui faire quitter la tribune. Ils ont été expulsés de l'auditorium et, tout d'un coup, je me suis retrouvé seul avec l'obèse. Quand je suis rentré chez moi ce soir-là je me suis excusé auprès de mon cousin et j'ai renoncé définitivement à regarder *Star Trek*. J'étais déterminé à ne pas devenir l'un d'entre eux. J'étais déterminé à ne pas devenir une de ces choses.

Renoncer à *Star Trek* était plus difficile que je ne l'avais imaginé. Je suis devenu encore plus obsédé qu'auparavant. Je passais mes week-ends au sous-sol où j'avais construit une imitation de la passerelle d'un vaisseau spatial. J'y restais plusieurs heures d'affilée, à faire semblant d'en être le capitaine. La plupart du temps, je terminais l'aventure en faisant l'amour avec une Romulienne. J'avais une étrange fascination pour les Romuliennes. C'était en rapport avec leur peau. Elles avaient ce teint légèrement doré et j'aimais imaginer qu'elles sentaient le beurre de cacahuète.

Cette époque de ma vie a été lamentable. Renoncer à *Star Trek* a été un long et difficile combat. Et me voilà que je me retrouvais, dix ans plus tard, à regarder de nouveau *Star Trek*, défiant un destin sombre et morne. Cet enfoiré d'obèse de la convention était assis au dernier rang de mon cœur, occupant trois sièges. Plus je regardais *Star Trek*, plus je grossissais. J'avais cru m'être débarrassé de ce genre de solitude. J'avais déjà regardé quatre épisodes et j'étais prêt à continuer. Pour dîner j'avais mangé à la cuillère un pot entier de beurre de cacahuète. Voilà. Cet homme dans mon cœur, qui respirait si fort… c'était moi, mon moi à venir, et j'étais stupide d'oser croire que j'étais capable de devenir autre chose. Zoe, les strip-teaseuses, *tout* ça c'était de la comédie. C'était moi faisant semblant de pouvoir être normal. L'aventure que je vivais dans le sous-sol était la vie que j'étais destiné à vivre. Je ferais de tatie mon second. On voyagerait ensemble au-delà des confins de la galaxie.

Le téléphone a sonné et j'ai décroché. C'était Slim.

— Grimboli, qu'est-ce que tu fais ?

— De la recherche.

— Vraiment ?

— Oui…

J'étais comme hébété. J'avais l'impression d'essayer de parler sous l'eau.

— T'as déjà été au Friskies ?

— Non.

— C'est une boîte à Hampton Bays. On y va.

— Mais ma recherche…

— C'est important. Il y a des tas de nanas qui aiment faire l'amour quand elles sont bourrées.

— Je n'ai pas fait l'amour depuis six mois.

— Pas de bol.

— Je n'ai même plus l'impression d'être un homme.

— Rendez-vous chez Milz à dix heures. On boit un coup, puis on va en boîte vers onze heures.

— Mais je suis fauché.

— T'inquiète, Grimboli Stromboli. Je te ferai rentrer gratis. Je connais quelqu'un.

— Merci, Slim.

— Pas de problème.

Il ne savait pas qu'il venait de me sauver d'une destinée d'épouvantable solitude. Il se servait plus vraisemblablement de moi comme chauffeur mais je m'en fichais. Je n'étais que gratitude.

18

— Non de Dieu ! Regarde Grimboli ! a hurlé Melz quand je suis entré dans sa chambre. Il est fringué comme s'il revenait tout juste du Vietnam.

— Grimboli, a ajouté Slim. Qui s'habille comme ça pour aller en boîte ?

— Je croyais que ça faisait hip-hop.

— Ouais, peut-être dans les années 90.

— Ou au Vietnam !

Ils ont éclaté de rire. Slim m'a passé un magnum de rhum. J'en ai bu une bonne lampée. C'était bon. Quand on est partis, j'avais bu presque toute la bouteille.

Tandis que je conduisais pour aller en boîte, sur la banquette arrière Slim et Milz dansaient sur du Billy Joel. La voiture était dégueulasse. Slim ramassait des saloperies et me les balançait dessus pour essayer de m'énerver. Milz était furieux du bordel.

— Grimboli, c'est foutrement sale ! hurlait-il.

On est arrivés à la boîte vers minuit. Il nous a fallu une heure pour entrer. Slim a dû appeler un ami qui y travaillait. Le mec n'a pas décroché. Slim n'a pas arrêté de l'appeler pendant une demi-heure. Le mec a fini par répondre. Il a dit qu'il nous aiderait à rentrer mais qu'on devait quand même faire la queue. Ça a pris encore une heure. Quand on est enfin arrivés à la porte Slim a chuchoté quelque chose à l'oreille du videur. Rageusement le gorille nous a fait signe de passer.

La boîte était bondée. Difficile de bouger. Encore plus difficile de commander un verre. Seules deux bimbos pour servir des cocktails à tout le monde. C'était de la folie. Toutes les boissons que j'ai commandées étaient désespérément diluées. Au lieu d'un pic d'adrénaline j'ai eu mal au ventre. J'avais l'impression que mon ventre m'en voulait de lui jouer un tour en lui faisant croire que je l'abreuvais d'alcool. J'avais emprunté vingt dollars à tatie et ça me dégoûtait de les dépenser pour un tel pipi de chat j'ai donc passé le reste de la soirée à écumer. « Écumer », comme chacun sait, consiste à vider les verres laissés çà et là. Ça n'a pas amélioré mon mal de ventre.

Finalement, j'ai renoncé à boire et décidé de danser. Danser m'a fait du bien. Ça m'a détendu, fait transpirer. La plupart des mecs ne dansaient pas. Ils restaient plantés là pendant que les nanas se frottaient à eux. J'étais seul et m'efforçais de glisser en douceur mais j'avais plutôt l'air d'un sorcier fou en train d'effectuer la danse de la pluie.

Slim m'a agrippé au milieu de la foule.

— T'as l'air d'un vrai taré. On dirait Michael Jackson mais en gros.

— Je sais. Je danse vraiment bien.

— Écoute, il faut que je te présente à Big Teddy.

Big Teddy était le mec le plus gros de la boîte. Il n'avait rien à envier au type de la convention *Star Trek*, en mieux habillé c'est tout. Bien mieux. Et il sentait bon aussi.

Slim nous a présentés. Il m'a serré la main. Nos mains à l'un comme à l'autre étaient petites et douces.

— Qu'est-ce que t'as sur la figure ?

Il parlait de ma barbe.

— Aucune fille va vouloir embrasser un visage couvert de ce truc, mec.

— Et si elles sont bourrées ? ai-je demandé.

Il ne m'a pas entendu.

— J'ai dit : « Et si elles sont bourrées ? »

Big Teddy a secoué la tête puis est parti en titubant.

J'ai passé le reste de la nuit assis au bar. Vers trois heures la boîte a commencé à se vider. Une des barmaids m'a surpris à écumer les verres. Elle a eu pitié de moi et m'a offert une bière.

Une fille est venue s'asseoir à côté de moi. Je ne l'ai pas reconnue tout de suite. Rien ne la distinguait vraiment des autres filles de la boîte. Et puis j'ai vu ses yeux et ils étaient pleins d'étincelles humides et tourmentées. C'était Mel-Mel, la fille qui m'avait mordu la lèvre dans le bar sordide.

— Salut, Mel-Mel, comment vas-tu ? ai-je hurlé pour couvrir la musique.

Elle ne m'a pas reconnu.

— Putain, t'es qui toi ? a-t-elle hurlé à son tour.

— Grimboli. Je t'ai emmenée toi et une autre fille faire un tour dans un bar il y a un certain temps déjà.

Je me suis rappelé du reste de la soirée, de la dispute et des hurlements et du fusil de chasse, et j'ai décidé de ne pas raviver davantage ses souvenirs. Elle ne se souvenait ni de moi ni du reste de la soirée et c'était probablement tout aussi bien.

— Tu devrais me payer un verre, a-t-elle dit.

— Je suis fauché, ai-je répondu.

— Oh, pauvre petit !

— T'es à croquer, ai-je poursuivi.

— Putain de petite ordure ! a-t-elle répliqué.

J'ai voulu partir mais elle m'a agrippé, attiré à elle et m'a embrassé. Elle ne m'a pas mordu cette fois. À la place elle a fourré sa langue dans ma bouche en gémissant et a frotté ses mains sur mon ventre et ma bite.

Big Teddy a surgi derrière elle. Il avait l'air furax.

— Allez, Mel-Mel, allons-y.

Il l'a prise par le bras et l'a emmenée.

Slim et Milz étaient à l'autre extrémité du bar. Ils avaient assisté à toute la scène et riaient comme des fous. Je m'en fichais. Ça faisait longtemps que personne ne m'avait pas touché le pénis. J'étais heureux.

Je suis retourné à la boîte le vendredi suivant. Cette fois j'ai essayé de me faire beau. Je portais un sweat-shirt que mon père m'avait offert pour Noël. L'étiquette était toujours dessus et il avait encore l'odeur du magasin. J'avais l'impression d'être un tombeur, comme s'il me suffisait de regarder une fille pour que sa chatte entre en ébullition.

— Putain, regarde Grimboli ! a hurlé Slim quand il m'a vu.

— Mate ce sweat-shirt ! a ajouté Milz. C'est Bill Cosby tout craché.

Ils ont éclaté de rire.

Quand on est arrivés en boîte je me suis mis à danser. Il me restait un peu de la confiance que j'avais avant d'aller chercher Slim et Milz et je voulais à tout prix en profiter.

Il y avait une fille plus jeune que moi sur la piste de danse qui semblait libre. Elle était sexy. Elle portait une salopette en jean qui la moulait comme une seconde peau. Le haut était juste assez déboutonné pour que je puisse voir qu'elle avait une tache de naissance sur le sein droit. Elle était petite et avait un cul bien ferme.

J'ai croisé son regard et j'ai souri. Elle a souri. Ce n'était pas un sourire très aguicheur, mais c'était toujours ça. Je me suis précipité derrière elle et j'ai commencé à frotter mon entrejambe contre ses douces fesses.

— Arrête, a-t-elle dit. Je veux danser avec mes amis.

Qui s'habille comme ça juste pour danser avec ses amis ? ai-je pensé.

Et puis j'ai vu un mec la rejoindre. Il n'était pas différent des autres ritals présents. Il portait un jean délavé et avait tellement de gel dans les cheveux qu'il ressemblait à Sonic le hérisson[8]. La fille s'est mise à danser et ce grand métèque est resté

8. Héros d'une série de jeux vidéo éponyme créée par Yuji Naka.

planté là comme si elle lui cirait les pompes. C'était ça un homme pour ces filles. C'était ça qui les excitait.

Mon amour-propre venait de prendre un bon coup de pied au cul. Je suis resté là à les regarder, tellement dévasté qu'il m'a fallu faire un effort considérable pour ne pas me coucher par terre en position fœtale et m'endormir.

Heureusement le DJ a mis du Biggie Smalls. J'adorais Biggie. Ce rappeur pouvait faire que le looser le plus lamentable se sente aussi infâme que ce putain d'Al Capone. Les femmes n'éprouvaient pas de dégoût à mon égard – elles avaient peur de moi. Ma queue était une mitraillette recouverte de cocaïne.

J'ai continué de danser. Je regardais toutes les filles avec des yeux qui les mordillaient comme un chien mordille une chaussette. Une fille s'est mise à danser avec moi. Elle était grosse et noire et dansait mal mais elle frottait son gros cul contre moi et c'était chaud et lascif et bon. Là encore, Big Teddy a surgi et, comme avec Mel-Mel, l'a agrippée par le bras et l'a traînée à l'extérieur. Je suis allé rejoindre Milz et Slim qui avaient suivi la scène.

— Qu'est-ce que cet enfoiré à contre moi ? Qu'est-ce que je lui ai fait bordel ?

— Rien, mec, cette fille était juste entrée en douce, m'a dit Milz.

— Ouais, Big Grim, la fille avec laquelle tu dansais est une débile profonde. Elle habite dans la rue et de temps à autre elle essaie d'entrer en douce.

— T'es sûr ?

— Oui. T'étais à deux doigts de coucher avec une nana handicapée mentale.

— Merde, c'est si mal éclairé que je ne l'ai pas bien vue. Je….

— Je croyais que t'avais dit que t'aimais les débiles…

— Quoi ?

— Je croyais que t'avais dit que tu traînais avec ce gosse… comment il s'appelle ?

— Samuel.
— C'est ça, Samuel.
— Je faisais du baby-sitting. Il a dix ans.
— T'as pas dit qu'il chie dans son froc et que tu dois le laver ?
— Si. Je dois le torcher et tout ça.
— Eh bien, quand on y pense, ce n'est pas très différent.
— Différent de quoi ?
— Torcher le cul de ce gosse et ce que tu viens de faire à cette fille sur la piste de danse.

Slim était presque plié de rire.

Je lui ai dit que je voulais partir. Il m'a répondu que lui et Milz allaient rester, qu'il trouverait une autre voiture.

Tandis que je rentrais à la maison j'ai pensé à Samuel. Je ne l'avais pas vu depuis un moment. Garder ce petit connard dingo m'avait toujours donné le sentiment d'être quelqu'un de convenable. Il avait un gros ventre comme une femme enceinte et il avait un rire qui retentissait et retentissait et retentissait.

Sa mère fréquentait l'église de mon père. J'avais tout fait pour éviter l'église. Ce n'était pas le lieu ni Dieu qui m'effrayait, mais mon père et ses sermons. Ils étaient si doux, si sincères, et si sentimentaux qu'ils me faisaient toujours pleurer. Je ne voulais pas de ça. Je ne voulais pas pleurer.

19

Cette nuit-là j'ai rêvé de ma mère. J'étais dans la rivière où j'ai dispersé ses cendres. Je nageais avec une statue d'elle dans les bras. Elle était grande et lourde mais, pendant que j'étais dans l'eau, elle ne pesait pratiquement rien. Malgré tout, j'ai fini par la lâcher. Elle m'a juste glissée des mains. J'ai mis la tête sous l'eau et l'ai regardée s'enfoncer. La rivière n'avait pas de fond. Elle allait continuer de tomber comme ça, comme un parachutiste qui n'a jamais besoin d'ouvrir son parachute.

J'ai sorti la tête de l'eau. Il y avait une femme qui se baignait à l'autre extrémité du trou d'eau. Elle était nue et forte et semblait très douce. J'ai nagé jusqu'à elle.

C'était ma mère.

— Baignons-nous ensemble, a-t-elle dit.

Au lieu de se baigner, on a fini par faire l'amour. Ma queue était minuscule, comme celle d'un bébé, aussi je n'arrivais pas la pénétrer. Je me suis contenté de me frotter contre ses fesses.

Quand je me suis réveillé il était dix heures du matin. C'était la première fois depuis des mois que je me réveillais à une heure décente. J'ai pourtant décidé de me recoucher, en espérant ne plus rêver de baiser ma mère.

20

J'ai appelé Sally, la mère de Samuel. Elle avait l'air contente d'avoir de mes nouvelles. En bruit de fond j'entendais Samuel pleurer. Ses larmes s'infiltraient dans le téléphone et s'écoulaient dans mes oreilles jusqu'à l'os. C'était affreux. La solitude et la frustration grondaient dans cet enfant comme un tas de rats pris au piège.

— Tu lui manques, m'a-t-elle dit.

— J'aimerais bien le voir.

— Bon, et si tu passais le prendre samedi ? Je dois aller voir ma mère dans le Queens et j'ai vraiment besoin d'un baby-sitter bon marché.

J'ai accepté.

Le samedi je suis allé chercher Samuel pour l'emmener faire une balade en voiture. Il était plus facile de s'occuper de lui quand il était dans une voiture. Pendant que je lui faisais faire un tour on s'est lancé des bruits à la figure. On a commencé par imiter des oiseaux. Il a grogné et j'ai croassé tel un oiseau. Au fur et à mesure les bruits sont devenus plus insolites. Il y avait beaucoup de bips et de glouglous, comme une machine s'enfonçant dans de la vase. On ne voyait pas le temps passer. On aurait pu rouler comme ça pendant des heures.

Je l'ai emmené manger une pizza. On est tombés sur les Razmoket. Je croyais que ça les exciterait de voir Samuel. Je croyais qu'ils le trouveraient tordant. Mais, comme beaucoup de gens, les attardés les rendaient nerveux. Je les avais rarement vus aussi intimidés. D'habitude ils venaient plaisanter avec moi mais ce jour-là ils ont à peine dit salut avant de décamper.

— Oh mince alors… a dit Samuel en coassant.

— Comme tu dis, ai-je répondu. Allons choisir une pizza.

Samuel a mangé sa pizza à l'envers. Ça n'a pas été sans mal. Sa mère, une des rares personnes capables de déchiffrer ses marmonnements, jurait qu'il la mangeait de cette façon pour que le fromage, le meilleur, touche sa langue en premier.

Quand on a eu fini son menton brillait d'huile de pizza.

— Tu brilles, ai-je dit.

Il a gloussé.

— Etch-euh, a-t-il marmonné.

— C'est quoi ça un atchoum ? ai-je demandé.

Il a grogné. Je n'aurais pas dû le taquiner. C'était évidemment une immense frustration de ne pas pouvoir parler.

— Atcheup ! a-t-il crié.

— Je suis désolé. Je ne comprends pas, ai-je répondu.

— Etcheup…

— Tu as dit ketchup ?

Il a hoché la tête.

— Ah, tu veux du ketchup. Ça y est j'ai compris.

Pour lui ketchup voulait dire hamburger. Là aussi, sa mère disait que c'était parce que pour lui le ketchup était ce qu'il y avait de meilleur, comme le fromage dans la pizza, qu'il aimait se focaliser dessus.

— Désolé, Samuel, tu ne peux pas avoir de ketchup. Tu viens de manger une pizza.

Tandis que je le ramenais chez lui j'ai remarqué qu'il se frottait le cul sur le siège. Je savais ce que ça voulait dire. Il avait envie de chier. En se frottant ainsi le cul sur le siège il essayait de faire refluer la merde.

Comme on n'a pas eu le temps de trouver des toilettes j'ai fini par devoir m'arrêter pour changer sa couche. C'était dégueulasse. Les gamins attardés de dix ans coulent des bronzes qui puent. Ça n'avait rien à voir avec changer la couche d'un bébé. Samuel faisait des merdes tellement gluantes et infectes qu'on aurait dit qu'elles bouillonnaient. Tout en lui essuyant le cul je me suis donc bouché le nez avec du papier toilette. J'avais un rouleau entier dans chaque narine. Ça pendait de mon nez comme une grosse barbe blanche. Samuel a trouvé ça tordant. Il n'a pas cessé de rire. C'était soit ça soit le fait que je lui essuyais le cul qui le faisait autant marrer. Je n'aurais su dire.

Quand on est remontés en voiture il s'est remis à émettre des bruits. J'étais fatigué. Je n'avais plus envie de jouer. Mais si je refusais de jouer, il allait piquer une colère. J'ai donc recommencé à lâcher des bips et des grognements. J'ai fait des bruits que seule la créature la plus improbable pourrait produire. Et il a ri puis a répondu par des bruits tout aussi bizarres. Quand je l'ai déposé j'avais du mal à communiquer normalement.

— Comment a été Samuel ? a demandé Sally. J'espère qu'il ne t'a pas posé trop de problèmes.

Je lui ai dit que ça c'était bien passé, mais tandis que je parlais ma voix avait la même tonalité que celle que j'avais utilisée pour faire des bruits de machine.

— Tu vas bien ? a-t-elle demandé.

— Ça va, ai-je répondu, … *bip*.

21

Mon permis de conduire avait expiré. Je devais aller à la préfecture pour régulariser la situation, mais je me réveillais encore et toujours trop tard. À cette époque j'avais pris l'habitude de dormir jusqu'à cinq heures de l'après-midi. Les choses allaient mal. Je n'avais plus d'argent et j'étais trop paresseux pour trouver un boulot donc je ne sortais pas beaucoup de la maison. Il n'y avait que ma tante et moi. J'avais l'impression de lui appartenir. Comme si j'étais une créature étrange qui ne se réveillait que le soir et grognait après elle jusqu'à ce qu'elle me nourrisse. Même la vie d'Harold paraissait plus excitante que celle que je menais. Au moins voyait-il la lumière du jour. Il passait la majeure partie de la journée à aboyer après les murs ou, comme le croyait tatie, à parler à l'esprit de ma mère. Peu importe ce qu'il faisait, il semblait bien s'amuser.

Un jour j'ai mis au point un stratagème. Je prendrais une bonne dose de médicaments contre le rhume vers huit heures du soir. Cela me ferait dormir jusqu'à neuf heures. Ainsi je me réveillerais à une heure normale. De cette façon j'espérais retrouver un cycle de sommeil régulier et, même si ce n'était pas une solution à long terme, au moins j'irais à la préfecture.

Je n'ai pas rêvé cette nuit-là. Je me rappelle seulement avoir pris les pilules, m'être couché, et avoir attendu. Je me souviens ensuite de m'être réveillé à six heures du matin. J'entendais les oiseaux gazouiller. Les oiseaux qui d'habitude me donnaient l'impression de se moquer de mon insomnie me paraissaient soudain plus agréables, comme s'ils flirtaient avec moi, pour me donner envie d'affronter le jour.

J'étais excité quand j'ai sauté dans ma voiture pour me rendre à la préfecture.

22

La préfecture était fermée. J'avais fait tout ce chemin et elle était fermée. Je m'étais réveillé trop tôt. Et alors ? Je me suis mis à conduire sans but. J'ai descendu North Fork[9] et pris le ferry pour Shelter Island où vivait mon père. J'ai eu du mal à trouver où il habitait, mais l'allée de l'église était pleine de voitures. Il s'y tenait une cérémonie quelconque. Cette foule m'intriguait. J'espérais également trouver mon père.

Je suis entré et j'ai entendu un chant s'élever du sanctuaire. Une vieille femme est sortie des toilettes. Elle paraissait fragile. Elle avait des cheveux courts et bouclés et elle sentait la poudre.

— Qu'est-ce qui se passe ici aujourd'hui ? ai-je demandé.

— Église, a-t-elle répondu.

— Je sais que c'est une église, mais qu'est-ce qui se passe ?

— Église. On est dimanche matin. L'office s'achève.

Je n'arrivais pas à y croire. On était déjà dimanche. Pas étonnant que la préfecture soit fermée. Étais-je totalement à côté de la plaque ?

L'office s'est terminé. Mon père m'a trouvé en train d'attendre dans son bureau. C'était un homme corpulent. Rester

9. Péninsule située au nord-est de l'île de Long Island.

debout pour prêcher le faisait transpirer. Quand il est entré dans son bureau il était trempé. Je lui ai dit comment j'étais tombé par hasard sur l'église sans savoir qu'on était dimanche et il a éclaté de rire.

Ça me faisait plaisir de le voir. Ça me faisait plaisir d'être dans son bureau. Tout y était propre et en ordre. Il y avait des photos de moi partout. La plupart dataient de mon enfance. Sur l'une j'étais avec Zoe.

— Pourquoi as-tu toujours cette photo ? ai-je demandé. Tu ressens le besoin de rappeler à ta congrégation que ton barjot de fils aime toujours les femmes ?

— Non ! Qu'est-ce qui te fait croire ça ? Je trouve juste que c'est une belle photo. Je peux l'enlever si ça te contrarie.

— T'en fais pas pour ça.

J'étais content de le voir et pourtant je me suis surpris à essayer de me disputer avec lui. Nos disputes étaient épiques. Elles couvraient un large éventail de sujets, comme Dieu et le sexe et ma défunte mère. Cette dispute a commencé parce que je me suis plaint d'être très seul. Mon père m'a conseillé de profiter de ce temps qui m'était imparti pour faire mon introspection. Ça m'a mis en colère.

— Tu n'as pas beaucoup perdu de temps quand maman est morte !

— De quoi parles-tu ?

— Tu as épousé Lou, quoi, un an plus tard ? Et à présent tu me dis que je dois rester célibataire !

— Dustin, je ne suis pas en train de te *dire* quoi que ce soit.

— On n'a même pas de tombe, papa !

— Quoi ?

— Une tombe. On n'a même pas de tombe. Je ne peux même pas aller sur sa tombe comme une personne normale pour lui apporter des fleurs.

— Pourquoi faut-il toujours se disputer ?

— Parce que c'est ce qu'on fait, papa. On se dispute.

— La vie est suffisamment dure comme ça sans qu'on ait à se disputer tout le temps. Est-ce trop demander que de pouvoir passer un bon moment ensemble ?

— C'est bien de se disputer pour un truc pareil ! Quel est ce besoin détestable de vouloir te disputer sans cesse à propos de ce pour quoi on se dispute tout le temps ? Accepte-le tout simplement. Merde. Maman n'en est jamais arrivée là. Cette femme pouvait se disputer indéfiniment s'il le fallait.

— Dustin. Je ne suis pas ta mère.

— Je ne dis pas…

— Dustin, a-t-il repris. Je suis désolé. Ta mère adorait avoir des débats houleux avec toi. Et, je sais, elle pouvait parler pendant des heures. Je n'ai tout simplement pas la force nécessaire.

Et voilà comment nos disputes se terminaient toujours. Il suffisait de dire « Je suis désolé » et je fondais en larmes. Mon père croyait que c'était parce qu'il avait parlé de ma défunte mère, mais ce n'était pas ça du tout. C'était parce qu'il disait être désolé. Il y avait une partie de moi profondément blessée et profondément abîmée qui avait grand besoin d'excuses et j'en ignorais la raison, mais dès que j'entendais les mots sortir de la bouche de mon père, j'étais brisé.

Un membre de sa congrégation est entré et m'a trouvé par terre en position fœtale, sanglotant.

— Ça va aller, ai-je entendu dire mon père.

La femme est partie et alors je me suis mis à sangloter sans plus de retenue.

— La journée a si bien commencé ! ai-je gémi. Je me suis levé tôt et tout !

23

Il y a déjà un certain temps on a dispersé les cendres de ma mère dans la rivière Schoharie dans le nord de l'État de New York. C'était là que son père s'était noyé et c'était là aussi qu'elle m'avait appris à nager. On y allait souvent quand j'étais enfant. Je ne l'ai jamais vue aussi contente que lorsqu'elle prenait un bain de soleil sur l'un des gros rochers boueux situés au bord de son trou d'eau préféré.

Ça faisait longtemps que je n'étais pas allé là-bas. Aussi, quand je me suis relevé et ai arrêté de pleurer, mon père m'a suggéré d'y monter, de dormir chez tante Gretchen, et d'aller rendre hommage à ma mère.

J'ai parlé du voyage à Tatie. Sa première réaction a été très favorable.

— Je crois que ce sera bien pour toi et pour ton père de faire un break ! s'est-elle exclamée.

Puis son humeur a viré à l'aigre.

— Bon sang, ça fait un bail que *je* n'ai pas parlé à ton père. La seule fois où j'ai de ses nouvelles c'est quand il me réclame le loyer. Et à présent il dit qu'il ne veut plus payer les livraisons d'eau. Et je n'en ai pas les moyens. Donc je suppose que je vais devoir me passer d'eau.

— Et l'eau de l'évier, ai-je suggéré.
— Non, je n'aime pas son goût…
— Je suis sûr que tu vas t'en sortir.
Elle s'était assise par terre et jouait avec Harold.
— Les gens ont besoin d'eau pour survivre, a-t-elle répliqué.
— Tatie, je suis sûr que tu vas t'en sortir.
— Ouais… Bon…

Mon père et moi sommes partis ce week-end-là ; on a démarré tôt le matin et on est arrivés à midi chez tante Gretchen. Première chose, on est allés à la rivière. C'était comme dans mon souvenir. L'eau était verte et trouble et douce et la falaise planait au-dessus paisible et bienveillante. C'était bien d'être là mais ça n'a pas suscité en moi l'émotion espérée. Je voulais m'effondrer et me mettre à pleurer, mais je n'ai rien ressenti de cette douce folie qui m'agitait.

Mon père a proposé qu'on trouve une plaque qui pourrait se loger dans l'un des rochers.

— Il pourrait y avoir le visage de ta mère dessus, a-t-il ajouté.

— Non, ai-je répondu. Je ne pense pas que ça en vaille la peine.

Tante Gretchen nous a fait des pâtes au dîner. Elle y a mis des tomates et du basilic de son jardin. C'était simple et délicieux. Quand on a les bons ingrédients il n'est pas nécessaire de recourir à une recette compliquée. Le repas était parfait.

Mon père et moi avons fait la plus grande partie de la conversation. Gretchen n'était pas d'une nature très sociable.

Elle et mon père sont allés se coucher à neuf heures et, même si mon cycle de sommeil s'était amélioré, j'avais encore du mal à m'endormir avant que l'aiguille n'atteigne un nombre à deux chiffres. On aurait dit une manie, comme manger de la pizza au petit-déjeuner.

Allongé dans mon lit, j'étais agité. Vers minuit j'ai décidé d'aller me promener pour dépenser de l'énergie.

J'ai marché jusqu'au pont qui surplombe une partie peu profonde de la rivière. Quand j'étais enfant je venais ici et marchais de long en large, en imaginant que des robots se battaient sur un terrain vague désolé. Les robots étaient aussi rouillés que le pont, mais ils étaient féroces. Je me plaisais à les imaginer luttant l'un contre l'autre tandis qu'ils tombaient du ciel et dans la rivière. Même si on m'avait dit que la profondeur de la rivière n'était que de quatre mètres cinquante, je me figurais qu'elle était d'une profondeur abyssale. De délicates créatures aquatiques se rassemblaient autour d'eux et les observaient se battre dans l'obscurité de l'abîme.

Cette nuit-là, j'ai essayé de convoquer certaines de ces anciennes chimères et elles me sont apparues avant de s'évanouir. J'avais du mal à me concentrer sur l'image des robots. Dès qu'ils commençaient à lutter des images de sexe me venaient à l'esprit. Désormais je ne rêvais plus que de sexe. Plus de robots. On aurait dit un fou de sport qui aurait vendu toutes ses cartes de baseball pour une seule signée Babe Ruth.[10] Bien sûr, nul n'était meilleur que *The Bambino*, mais était-ce une raison valable pour se défaire de toute sa collection ?

J'ai regardé la rivière. Comme dans mon enfance, elle semblait aussi profonde que l'océan. Si à ce moment précis quelqu'un m'avait demandé sa profondeur, j'aurais dû mentir et dire qu'elle était d'au moins quelques centaines de mètres, peut-être plus.

Sur le chemin du retour j'ai vu une femme devant chez elle. Elle était petite et vieille.

— Excusez-moi ! m'a-t-elle hélé. Pouvez-vous venir un instant ? J'ai besoin de votre aide !

J'ai couru aussi vite que possible, en pensant qu'elle était blessée. Dès que je me suis approché j'ai vu qu'elle allait bien, elle paraissait juste un peu essoufflée. À côté d'elle se trouvait un rondin géant que l'on avait soulevé d'un côté.

---

10. George Ruth (1895-1948, alias *The Bambino* ou *The Babe*. Considéré comme le plus grand joueur de baseball de tous les temps.

— Vous êtes fort ? a-t-elle demandé.

— Je crois, ai-je répondu.

— Bien, j'ai besoin que vous bougiez ce rondin.

Je me suis penché et me suis mis à pousser le rondin. Il était lourd et la resserre dans laquelle elle voulait que je le dépose se trouvait au sommet d'une butte.

— C'est… c'est… trop lourd ! me suis-je exclamé.

La vieille femme s'est penchée et s'est mise à pousser avec moi. En poussant on a commencé à grogner, comme pour invoquer la force d'une ancienne énergie oubliée. On a poussé presque jusqu'au sommet avant de renoncer.

— Je suis désolé, ai-je dit.

— Ouais… Bon… Je réessaierai demain, a-t-elle répondu.

Et alors, sans même un au revoir, elle est rentrée chez elle en se dandinant.

Au matin tante Gretchen nous a fait des sandwiches pour le petit-déjeuner. En temps normal je crois fermement qu'il est indispensable de bien badigeonner d'*American cheese*[11] les sandwiches aux œufs durs. Mais il n'y avait même pas de fromage dans ces sandwiches et ils étaient savoureux.

Après avoir mangé on est retournés à la rivière. L'eau était haute. En été la rivière pouvait être très calme. Les cascades y coulaient si doucement qu'on pouvait se baigner au-dessous. Là elles se déversaient avec violence, explosant d'écume. Il y avait des rapides à l'autre extrémité du trou d'eau. Si on s'y précipitait et bravait le froid, ces rapides vous aspiraient comme une figurine d'action jetée dans les toilettes.

— Tu es prêt à rentrer à la maison ? a demandé mon père.

J'ai hoché la tête.

La maison était à six heures de route mais, avec mon père au volant, on en a mis onze. Il n'a pris que les petites routes

11. Le « fromage américain » est un fromage industriel à pâte fondue.

et s'est souvent arrêté pour faire des photos. On est rarement descendus de voiture. Je n'avais jamais rencontré quelqu'un qui aimait autant admirer la nature mais détestait s'y promener. Même pour prendre des photos il se contentait de passer le bras par la fenêtre.

On a eu quelques disputes mémorables. Aucune ne s'est terminée par des larmes mais elles n'en ont pas moins été épiques. On s'est disputés essentiellement sur le cinéma. Je n'aimais pas les mêmes films que lui. Les comédies sentimentales passons, mais il aimait des trucs si sucrés que ça fait mal aux dents rien que de les regarder.

— Pourquoi es-tu aussi critique envers moi ? a-t-il demandé.

— C'est plus fort que moi.

— J'aimerais que tu puisses m'apprécier un peu plus.

— Je t'apprécie, ai-je répondu. Je t'apprécie plus que n'importe quelle autre personne que je connais.

— Eh bien, on ne dirait pas.

— C'est bon, ai-je dit.

Je l'ai fait s'arrêter pour pisser. On ne s'est plus beaucoup disputés après ça. C'est dur de se disputer après avoir pisser. Tout est plus serein après avoir pissé.

C'était bizarre de voir à quel point tout semblait humide et plein de vie. L'hiver avait été si doux que je n'avais pas remarqué l'arrivée du printemps. Au contraire de mon père. Il aimait les fleurs comme les femmes les aiment. Il y décelait de l'émotion. Ce que j'aimais le plus c'était l'humidité des bois et le bruit de l'eau murmurant sous un pont. Des choses qui n'avaient pas besoin d'émotion parce que leur résilience et leur régularité détenaient quelque chose de plus important, tel le bruit de quelqu'un dormant près de vous. Pas nécessairement votre petite amie, mais n'importe qui, même simplement un ami bourré sur votre canapé.

24

Je suis rentré tard. J'étais fatigué. Trop fatigué pour me donner la peine de me faufiler discrètement dans la maison. Tout d'abord j'ai réveillé Harold. Il a aboyé après moi comme si j'étais un voleur. Puis tatie s'est réveillée. Elle a voulu savoir pourquoi je rentrais si tard. Son ton était sévère. Ça ne m'a pas plu. Quand elle a eu fini elle s'est excusée.

— J'étais inquiète c'est tout. Je ne voulais pas te donner l'impression d'être ta mère.

Elle ne ressemblait pas à ma mère. Elle ressemblait à une petite amie jalouse.

25

J'ai reçu un coup de fil de mon ami Gorcoff. Il faisait une école d'art dans le Maine et, les examens étant terminés, voulait venir passer quelques semaines ici. Je lui ai dit qu'il était le bienvenu. Je considérais Gorcoff comme un frère. Sa famille se souciait peu de lui, aussi venait-il chez moi quand il rentrait au bercail.

Tatie éprouvait bien moins d'affection que moi à l'égard de Gorcoff.

— Il porte des bottes, a-t-elle dit. Et il fait un bruit sourd dans toute la maison comme si ça ne dérangeait personne. Parfois je me rends compte qu'il est là rien qu'à ce bruit. Et il ne fait jamais la vaisselle. Et il jure comme un charretier.

J'ai supplié tatie d'être plus indulgente avec Gorcoff.

— Il n'a pas de famille, ai-je répondu. Cet enfoiré a besoin de nous. Il n'a pas eu une enfance facile. Si maman était là elle aimerait Gorcoff.

J'ai pensé que ça la convaincrait. Les gens usaient tout le temps de ce stratagème avec moi. Chaque fois que quelqu'un voulait que je me sente mal à propos de telle ou telle chose que je faisais il me disait : « Et qu'en dirait ta mère ? »

Ça ne marchait pas avec moi et ça ne semblait pas marcher non plus avec tatie. Elle était résolue à détester Gorcoff. Elle respectait le fait que mon père paie ses études et elle se faisait même à l'idée qu'il fasse partie de la famille – mais uniquement d'un point de vue conceptuel.

Gorcoff s'est pointé tard le samedi soir. J'étais content de le voir. Il m'aimait avec une telle énergie. Il était bien plus petit que moi, mais il était assez fort pour me soulever. Sa coupe afro-juive[12] m'a effleuré le visage.

— Holà, Grimboli, mon salaud, tu m'as foutrement manqué. Comment tu vas, nom de Dieu ?

— Tu me fais mal ! ai-je plaisanté.

— Bah, tu vas pas en mourir. T'es un sauvage ! T'es qu'une bête ! Regarde-toi !

Il m'a de nouveau serré tout contre lui.

— Comment ça va à la fac ? ai-je demandé.

— Géant ! Des tas de fentes à se faire.

Fente voulait dire fille en argot. Gorcoff était connu pour parler l'argot, et pour parler de lui à la troisième personne.

— Le Gorcoff, il aime se taper tout ce qui bouge. Il aime ça. Mais en vrai, le Gorcoff, il aime juste qu'on l'aime. En fait, Gorcoff veut juste quelque chose de gentil. Une gentille fille. C'est tout.

Il était pétri de contradictions. Ça faisait partie de la poésie de son discours. Il monologuait sans cesse sur tout ce qui lui passait par la tête et il avait du mal à suivre le fil de ses pensées, voire parfois à savoir qui il était.

— Gorcoff est un artiste. Pas fait pour le monde des femmes. Les femmes ont la haine. Elles ont la haine. Tout ce que je veux, sans déconner, parfois tout ce que je veux c'est juste me réveiller, manger mes flocons d'avoine, peindre un peu, faire ce que j'aime, et alors la femme se sent toujours menacée et commence à s'accrocher à moi, à vouloir planifier toute ma putain de journée. C'est à la limite du supportable.

---

12. Coiffure bouclée et touffue que portent les juifs ashkénazes (sur le modèle afro).

— Je n'ai pas été avec une femme depuis longtemps, très longtemps.

Il s'est inquiété.

— Putain pourquoi tu t'es rien tapé ? T'es un beau mec ! T'es drôle !

— Je sais, ai-je dit. Mais je traîne avec les Razmoket et toutes les filles avec lesquelles ils sortent sont trop jeunes.

— Y en a qui te plaisent ?

— Bien sûr.

— D'accord, je vois, ce que tu dois faire, ce que le Gorcoff ferait, c'est de te jeter à l'eau. Rien à foutre, d'accord ? Qu'est-ce que t'as à perdre ?

Je ne savais comment lui dire que j'avais l'impression de leur inspirer de la répugnance, qu'elles m'adressaient rarement la parole, que je n'avais en réalité pas la moindre touche.

Pour changer de sujet j'ai parlé de Zoe. Zoe l'avait toujours excité.

— Non de Dieu, Zoe était un morceau de premier choix. Mais elle te faisait du mal. C'est une véritable pourriture d'ordure.

— Nan, elle n'était pas si méchante que ça.

— Je sais, je sais, c'était la meilleure. Bon Dieu, j'aurais sorti le grand jeu si j'avais pu. C'était une sacrée bombasse. Elle avait un de ces culs. Je me serais suicidé si j'avais perdu un truc pareil…

Ses yeux s'arrêtèrent sur quelque chose posé sur la table de la cuisine.

— C'est quoi ce bordel ?

— C'est quoi quoi ? ai-je demandé.

Il m'a montré un petit bout de papier. C'était un message de tatie. *Je ne sais pas comment je vais acheter à manger.* Il y en avait d'autres. Il y en avait dans toute la cuisine. *Je me sens désemparée.* Sur un autre elle se plaignait de manquer un épisode de son feuilleton préféré. Le plus dingue concernait Maude. *Pourquoi devait-elle mourir ? J'aurais voulu donner ma vie contre la sienne.*

— Qui a écrit ça ? a demandé Gorcoff.

— Tatie.

— Putain ! Tatie a écrit ça !

— Chut ! lui ai-je fait. Elle dort dans le salon.

— Nan ?

— Si ! C'est là qu'elle dort toutes les nuits !

— Et là on parle comme un couple d'anciens taulards et elle peut nous entendre ?

J'ai hoché la tête.

Il a de nouveau regardé les messages.

— C'est la chose le plus dingue que j'aie vue de ma vie.

Plus Gorcoff apprenait comment je vivais, plus il s'inquiétait.

Il paraissait résolu à me sortir de ma déprime. Son premier objectif a été de me remettre en forme.

— Rien ne donne autant le moral, a-t-il déclaré. Après avoir fait de l'exercice c'est l'extase.

Ça l'excitait.

— Grimboli, ça va être le pied. On va te faire ressentir un max d'adrénaline. Ça va être énorme. Regarde ces bras, regarde ces panards. Waouh. On va faire de toi un colosse.

J'ai emprunté de l'argent à mon père pour acheter un banc de musculation bon marché chez K-mart. Gorcoff et moi avons fait de l'exercice tous les jours. C'était comme une drogue. Je ne voulais pas faire autre chose.

Au début c'était l'horreur. Je me sentais pathétique. J'avais l'impression d'avoir les muscles d'un gamin. Mais j'ai rapidement progressé.

Quand on ne s'entraînait pas, on mangeait. Gorcoff avait toujours faim.

— Il faut du carburant, disait-il. Vaut mieux. Du carburant. La viande y a pas mieux. La viande tient parole.

On passait le reste de notre temps à se balader en voiture pour mater les richardes venues passer l'été dans les

Hamptons. Il surnommait « Charley » les femmes séduisantes. À son école il avait un copain nommé Charley qui matait toujours les nanas de façon éhontée. Aussi chaque fois qu'on matait une nana il appelait ça faire son Charley. « Regarde toutes ces Charley », disait-il. Ou il disait : « Ouais, je t'ai vu faire ton Charley avec ce beau morceau de Charley. » Ça me plaisait. C'était du bon argot.

Avec tatie c'était tendu. Elle était particulièrement ronchonne chaque fois que Gorcoff était dans les parages.

— Je devrais peut-être partir ? a demandé Gorcoff.

Ça m'a rendu fou. Gorcoff m'avait ragaillardi. Grâce à lui j'étais désormais capable de soulever le poids d'une petite nana et de manger un steak et j'avais le sentiment que c'était mérité. C'était le pied.

Gorcoff était un artiste. La plupart du temps il aimait peindre des zombies. Par contre il ne les peignait pas en train de manger de la chair fraîche. Généralement, ses zombies se contentaient d'errer dans un paysage désertique, tels des chiens dans un désert.

Un jour Gorcoff a laissé ses pinceaux dans l'évier. Tatie était convaincue que l'évier en resterait taché à jamais. Elle regardait l'évier fixement en secouant la tête.

— Ça va aller, ai-je dit. Je suis sûr que la peinture finira par partir. Et même si ce n'est pas le cas, ce n'est pas la mer à boire.

— C'est juste que je sais l'importance qu'avait cet évier pour ta mère, a-t-elle répondu.

Je l'ai agrippée par les bras.

— Ma mère est morte, et les morts se fichent des éviers, me suis-je écrié en la regardant dans les yeux.

Elle a quitté la pièce en sanglotant.

— Je ne sais pas combien de temps je vais encore pouvoir supporter ça, a dit Gorcoff.

J'étais d'accord. Mais, d'une certaine façon, tatie avait raison. C'était l'évier de *ma* mère. Toute la maison était à elle. On vivait dans une tombe. Et les morts ne ressuscitent pas comme dans les films. Ce ne sont pas des zombies qui vous mangent le cerveau. Non, ils dorment sur le canapé et se plaignent si fort que ça vous sort par les yeux, en vous donnant l'impression d'être mort vous aussi.

Quelques jours plus tard Gorcoff a décidé de partir. Il y avait une fille qu'il connaissait qui vivait dans le nord de l'État de New York. Ils avaient beaucoup parlé et il voulait lui rendre visite. Le jour de son départ il m'a réveillé à six heures du matin pour pouvoir prendre le train le plus tôt possible. J'ai eu du mal à me lever de si bonne heure. Je n'avais pas dessaoulé de la soirée précédente. Ma tête, mes poumons et mes tripes étaient en compote. Si on m'avait fait souffler dans le ballon, je l'aurais rempli de mégots de cigarette et des canettes de bière.

— Allez ! a-t-il supplié. Je dois y aller !

J'étais si fatigué que je n'ai pas pris la peine de m'habiller. Je suis monté dans le minivan en slip et tee-shirt. Gorcoff a trouvé ça tordant.

— C'est le truc le plus dingue que j'aie vu de ma vie, a-t-il dit.

J'aimais le faire rire. C'était gratifiant. Il avait la même façon de rire que Samuel. Il riait avec son ventre et avec son cœur et avec ses couilles.

J'ai démarré le van et on est partis.

— C'est quoi cette odeur ? a demandé Gorcoff quand on est montés dans le van.

— Je ne sais pas.

— Bordel de merde, y a quelque chose qui fuit ! a-t-il hurlé.

— Quelque chose quoi… ?

Tandis que je jetais un coup d'œil pour voir ce qui fuyait, j'ai involontairement tourné le volant et on a quitté la route pour finir contre un arbre. Gorcoff a percuté le tableau de bord et ma tête a tapé sur le volant puis cogné l'appuie-tête avant de rebondir sur le volant comme un ballon de basket. Du sang a coulé le long de ma tête et dans mes yeux. J'avais une entaille, mais ça ne faisait pas trop mal.

— Tu vas bien ? a demandé Gorcoff.

— Ça va.

On a titubé hors de la voiture. L'arbre s'était cassé et couché sur le toit du van.

Une femme s'est approchée avec son chien.

— Vous allez bien ? a-t-elle demandé.

Gorcoff m'a décoché un coup d'œil. J'étais toujours en slip, la tête en sang. On a été pris d'une telle crise de fou rire qu'on est tombés par terre. La femme est partie, troublée.

— Grimboli ! a hurlé Gorcoff. Regarde, on est à peine à un pâté de maisons de chez toi !

— C'est le Mal, lui ai-je répondu. Cette maison est le Mal. Elle ne veut pas qu'on parte.

— On est condamnés.

— Tu veux toujours essayer d'attraper un train ?

— Nan, merde. Ça attendra demain.

— D'la balle, ai-je dit.

Au fil du temps j'avais chopé son argot. C'était extrêmement contagieux.

— Qu'est-ce que tu viens de dire ? a-t-il demandé.

— J'ai dit « d'la balle ».

— Trop d'la balle.

26

Les Razmoket ont appelé pour dire qu'ils voulaient aller à la boîte de Hampton Bays. En temps normal Gorcoff n'aimait pas sortir en boîte, mais l'accident l'avait secoué et il était prêt à fêter le fait qu'on en avait réchappé. Il n'avait pas fallu grand-chose pour qu'on se sente des hommes, des vrais. L'accident était bénin. Le mot était plus grave que l'accident lui-même. C'était plus une gaffe qu'autre chose. Malgré tout, on avait l'impression d'être aussi durs à cuire que deux marins venant de traverser un ouragan. On voulait sortir et boire et raconter nos aventures, parler de la vieille dame qui avait refusé de nous aider et de l'arbre qu'on avait coupé en deux. Bien sûr, ça nous était arrivé à deux pas de chez nous, mais ça ne faisait qu'apporter une preuve supplémentaire que nos vies ne tenaient qu'à un fil.

Une virée avec les Razmoket était tout indiquée. Le seul problème était que j'avais cassé mon phare gauche dans l'accident. Je ne voulais pas me faire arrêter parce que mes papiers n'étaient pas en règle et que, très probablement, je conduirais bourré.

Les Razmoket ont été consternés quand ils ont vu ce que j'avais fait pour résoudre le problème.

— C'est quoi ce bordel ? a demandé Jesse. Grimboli, t'as juste attaché des lampes de poche avec du ruban adhésif sur ta voiture ?

— Je pense que ça devrait marcher, leur ai-je dit. On est passés devant un flic en venant et il ne nous a pas arrêtés. Je crois qu'on pourrait bien l'avoir berné.

— Je déteste ça, a déclaré Milz.

— Grimboli, ça va pas le faire. On a des filles avec nous.

— Les filles aiment les mecs bordéliques, leur ai-je affirmé.

Mais à leur façon de me regarder j'ai bien vu que ce n'était pas vrai.

— Je déteste ça, a répété Milz.

Il s'est encore plus énervé quand il est monté en voiture et a marché sur une bombe aérosol de nettoyant pour tapis. De la mousse a jailli sur ses chaussures et son pantalon.

— Grimboli… si ce truc tache je vais te casser la gueule.

— C'est bon, ai-je dit.

Je suis resté impassible dans l'espoir de faire baisser la tension, mais ça n'a pas marché. Résultat, je n'ai fait qu'accroître l'excitation générale. C'est Gorcoff qui a calmé le jeu. Les Razmoket le trouvaient marrant. Il leur a parlé de l'accident et de la voiture et les a fait rire aux larmes. Sa version de l'histoire était plus comique que la mienne. Il a fait de nous un duo à la Chris Farley et David Spade. J'étais bien évidemment Chris Farley, le gros, et il était David Spade, et même si ce n'était pas des plus flatteurs pour moi, l'atmosphère s'est détendue alors ça ne m'a pas dérangé.

Ma version était bien plus dramatique.

— J'ai cru qu'il était mort, leur ai-je dit. L'espace d'un instant j'ai envisagé la possibilité d'avoir tué Gorcoff. Mon Dieu, je ne sais pas comment j'aurais pu vivre avec sa mort sur la conscience.

— Pourquoi faut-il que Grimboli soit toujours aussi sérieux ? se sont plaints les Razmoket.

On est arrivé tôt à la boîte et il n'y avait pas beaucoup de queue. On n'a pas mis longtemps à arriver jusqu'à la porte, mais le prix d'entrée avait augmenté et Big Teddy a refusé de se porter garant de nous. Jesse et Slim ont passé une heure accrochés à leurs portables pour essayer de joindre quelqu'un qui puisse nous faire entrer.

— On a des filles avec nous ! ont-ils hurlé. On a des filles pas farouches ! Fais-moi confiance ! Tu sais que je suis toujours de ton côté ! Merde, bébé, tu peux toujours compter sur moi ! Et maintenant ! Maintenant tu dis que tu ne peux rien faire ? Merde…

Tandis qu'ils passaient leurs coups de fil de plus en plus de gens se pointaient. La queue est devenue énorme.

Finalement, ils ont renoncé et on est rentrés chez nous.

Une des filles s'appelait Carmen. Elle était grande et un peu gourde ; elle portait un chemisier si ample que ses tétons frétillaient et une robe si courte qu'on pouvait entendre sa chatte plisser les lèvres, lançant des baisers au goût de petits poèmes cochons. Elle avait de longs cheveux bouclés et un grand front. Je me suis assis à l'arrière avec elle, en partageant une bouteille de whisky. Un gamin qu'on appelait Black Jesse s'est assis de l'autre côté. Il a essayé de la draguer en faisant comme si je n'étais pas là.

— Bon sang ! a-t-il lancé. Tu te rends compte comme t'es bandante dans cette robe ? Vraiment bandante !

Alors je suis intervenu pour dire exactement la même chose, mais en m'efforçant de paraître plus policé.

— Tu es vraiment très jolie ! lui ai-je dit.

— Merde, a repris Black Jesse, avec toi j'ai l'impression d'être un chien en rut !

— Tu es d'une beauté exaltante, ai-je surenchéri.

Elle a éclaté de rire. Carmen aimait notre petit numéro.

Mais plus je buvais et plus je devenais agressif.

— Embrasse-moi ! l'ai-je suppliée.

— Je ne peux pas, a-t-elle répondu. J'ai un copain.

— Quoi ?

— J'ai un copain.

— C'est ridicule !

Elle m'a laissé poser une main sur sa jambe. Elle m'a laissé lui caresser les jambes.

— J'ai failli mourir aujourd'hui ! J'ai besoin d'un baiser, bordel ! D'un peu de putain de compassion !

— Je ne peux pas !

— Embrasse-moi la joue ! Embrasse-moi l'oreille ! Embrasse-moi le ventre !

J'ai soulevé mon tee-shirt et lui ai montré mon gros ventre blanc.

Black Jesse s'est mis à rire.

— Putain de merde, les gars ! Grimboli devient dingue !

Le silence s'est fait dans le van. Tout le monde écoutait.

— Embrasse-moi l'oreille ! Je veux que ton baiser m'arrive directement au cerveau ! Je veux qu'il y reste et me fasse bander dans mes rêves !

Tout le monde a éclaté de rire.

— S'il te plaît, embrasse-moi.

— Je ne peux pas.

— Pourquoi ?

— J'ai un copain.

— Il est où là ?

— Ses parents l'ont puni.

— Punaise ! Il a quel âge ?

— Seize ans.

— Génial ! Je n'ai que quatorze ans !

— Non ! T'en parais au moins trente !

— Merde, c'est vrai ? Je suis confus.

— Bon t'as quel âge ? a-t-elle demandé.

— Vingt-deux ans. J'entre à peine dans l'âge adulte.

— T'es habillé comme un pauvre Bill Cosby blanc.

— Ouais, on me l'a déjà dit.

— Tu sais quoi ? Même si t'es plutôt con et allumé, je parie qu'au lit t'es comme Ron Jeremy.

— Qui ?

— Tu sais, Ron Jeremy, ce gros mec à tête de gaufre[13] qu'on voit dans les films pornos, le mec qui fait toutes ces mauvaises blagues pendant qu'il baise toutes ces nanas.

— D'accord. Je vois de qui tu parles.

— Je parie que t'es comme ce mec, a dit la fille.

— Ah bon ?

— Ouais, Je parie que t'as une bonne grosse bite.

— Pas vraiment. Mais j'ai des couilles énormes.

— Oh mec, c'est dégueu.

J'ai regardé par la vitre et remarqué qu'on était sur un chemin de terre qui s'enfonçait dans les bois.

— Hé, Gorcoff, on va où ?

— Shanty Town[14] !

Shanty Town était un village composé de cabanes, de vans et de bateaux déglingués. Il se trouvait au fin fond des bois de Bridgehampton. Kalish avait l'habitude de m'y emmener quand on était plus jeunes. Il essayait de me faire peur en me disant qu'une famille de mutants consanguins y vivait. Shanty Town était immense. Il y avait des dizaines de cabanes sophistiquées de part et d'autre du chemin de terre. Tandis que Kalish et moi passions je pouvais voir les ombres des gens qui jetaient un coup d'œil derrière leurs fenêtres barricadées. Il y avait une petite Mexicaine nue qui ramassait des pissenlits. Une femme lui a hurlé dessus d'une voix terrifiée.

En rentrant chez nous j'ai demandé à Kalish de me raconter la véritable histoire de Shanty Town. Il m'a dit que des immigrants mexicains vivaient là jusqu'à ce qu'ils trouvent du travail et puissent aller habiter ailleurs. Même si je savais qui habitait Shanty Town, j'aimais y aller, surtout la nuit. Éclairés par la lune, les lieux semblaient sortir tout droit d'une histoire d'horreur, un récit digne de HP Lovecraft ou Stephen King. Même à la fin de l'adolescence je te trouvais cet endroit

13. Rongeur d'Amérique du Nord pourvu d'abajoues.

14. Un *shantytown* est un bidonville.

terrifiant. C'était rare à cet âge. L'adolescence transforme les garçons en des cyniques de la pire espèce. Ils perdent leur capacité d'accepter l'invraisemblable, d'être effrayés, ou d'être étonnés. Mais cet endroit me foutait la trouille et j'ai pris comme un cadeau, un beau cadeau, de ressentir à nouveau cette frayeur.

— Je ne veux pas aller à Shanty Town ! ai-je hurlé. Je suis trop bourré. On n'a peur de rien quand on est bourré !

— On va se bourrer la gueule avec les Mexicains, a dit Jesse.

— Arriiiiiba ! a braillé Slim.

La voiture a stoppé net, soulevant un mur de poussière devant ses phares. Quand la poussière est retombée on s'est retrouvé face à une barrière avec un panneau interdisant aux intrus de passer.

— Où est Shanty Town ? a demandé Slim.

— Partie, a répondu Gorcoff.

On est tous descendus de voiture et on a jeté un œil à travers la barrière en espérant voir les vestiges des baraques qui se dressaient auparavant à une trentaine de mètres de la clôture. Il n'y avait rien d'autre qu'un brouillard qui s'élevait du sol sans relâche, toujours pas habitué à un espace aussi dégagé.

Gorcoff est reparti, lentement.

— Grimboli, on peut continuer de boire chez toi ? a demandé Jesse.

— Bien sûr, ai-je répondu. Faut pas faire de bruit, c'est tout.

Quand on est arrivés chez moi on est sortis du van pour s'asseoir en cercle sur l'allée, comme si on jouait à la chandelle. Il était tard, et tous les projets qu'on avait faits avaient échoué. Aucun d'entre nous n'était prêt à en rester là. Une étrange persévérance nous animait. Si on avait vécu au début du XIXe

siècle on serait partis vers l'Ouest et combattre les Indiens et se bourrer la gueule et chercher de l'or. C'étaient des garçons comme nous, remplis de cette soif idiote de gloire qui avaient fait de ce pays ce qu'il était à présent.

— Entrons. Il fait plutôt froid ici, a suggéré quelqu'un.

— Ouais, j'ai envie de manger un morceau, a ajouté quelqu'un d'autre.

— Impossible, ai-je répliqué. Ma tante est là.

— On va être super discrets.

— Non, vous ne comprenez pas, elle dort sur le canapé. Impossible de ne pas la réveiller.

— Grimboli ! s'est écrié Jesse. Ça me gonfle.

Gorcoff leur a parlé de son expérience avec tatie, des messages et de la dispute à propos de l'évier de la cuisine, et il a ajouté à quel point elle pouvait être grincheuse la nuit. Jesse s'est calmé pour devenir anormalement compréhensif.

— Grimboli, ces conneries sont chiantes comme la pluie.

— Je sais.

— Grimboli…

— Quoi ?

— Je dois voir un de ces messages.

— Non, je ne…

— Pourquoi non ?

— Je ne peux tout simplement pas…

— Si tu n'entres pas pour aller les chercher, je vais devoir le faire à ta place.

— Jesse, non, je t'en prie.

— Grimboli, je suis on ne peut plus sérieux. Je vais y aller.

— Non, ai-je fini par céder. J'y vais.

Tout en cherchant les messages j'entendais tatie dormir. J'entendais aussi Harold. Tous deux gémissaient et s'agitaient dans leur sommeil. On aurait dit qu'ils faisaient le même mauvais rêve.

J'ai trouvé plusieurs messages. Mais seul l'un d'entre eux était assez croustillant pour satisfaire Jesse. Les deux autres étaient trop barbants. Sur l'un elle se plaignait de devoir travailler tôt et sur l'autre de s'être enfoncée une écharde. Heureusement elle n'était pas trop grosse, avait-elle écrit.

Jesse s'est énervé que je n'en aie trouvé qu'un.

— Il a intérêt à être sacrément bon, a-t-il dit. Bref, je veux que ce soit un vrai truc de vieille tarée triste et déprimée.

— T'inquiète, c'est du lourd, ai-je répondu.

— Alors lis-le, mec.

— D'accord, c'est parti. Ça dit : Salut…

— Attends, m'a interrompu Jesse. Ça commence par salut ?

J'ai hoché la tête.

— Ils commencent tous comme ça ?

— Non. Écoute. Ça dit : Salut. J'ai remarqué récemment que j'écris tout en tout petit. Je pense que c'est parce que je suis terriblement anxieuse. Maintenant regardez, ai-je dit en leur montrant le message. Voyez à quel point elle écrit petit.

— Bordel ! s'est exclamé Milz.

Tout le monde était en admiration.

Jesse a rompu le silence.

— Il faut une sacrée loupe pour lire ce truc, a-t-il dit.

— Je sais.

Sans crier gare, Slim s'est levé d'un bond et s'est mis à brailler et à courir vers la maison. Une fois devant il s'est arrêté et a lancé son portable, le téléphone a explosé contre la porte du garage. On a tous regardé les morceaux du portable éparpillés dans le jardin, puis on a regardé Slim. Il avait l'air hagard.

— Tu vas bien ? ai-je demandé.

— Oh que oui, a-t-il répondu. J'en peux plus, c'est tout.

Slim a titubé vers le van.

— Je vais dormir là, a-t-il déclaré.

Il a rampé sous le van. C'était comme s'il voulait se servir de la voiture comme d'une couverture.

— Slim est cinglé, a commenté Milz. Je vais m'écrouler sur la banquette arrière. Merde.

Jesse m'a appelé.

— Grimboli, a-t-il dit. Toi et Gorcoff vous n'avez pas envie de dormir, hein ? Parce que j'ai envie de continuer toute la nuit.

— Je suis crevé, ai-je répondu. Mais non, Je ne vais pas aller me coucher. Pas plus que Gorcoff je pense.

J'ai jeté un coup d'œil à Black Jesse. Il avait ses grosses mains sur la taille de Carmen. Ses doigts ont soulevé son chemiser, inquisiteurs, telles les antennes d'un insecte.

— Regarde Black Jesse et Carmen, ai-je dit. Tu crois qu'ils vont baiser ?

— Nan, attends, a répondu Jesse.

— Bas les pattes ! a hurlé Carmen. Je ne veux pas t'embrasser. Je suis amie avec ta copine. Je garde vos enfants.

Black Jesse avait l'air furieux.

— Qu'est-ce que tu viens de dire ? Bordel, qu'est-ce que tu viens de dire ? a-t-il hurlé. Pourquoi tu parles de mes gosses comme ça ? Pourquoi tu parles de mes gosses ? ça craint ! Je sais que je ne suis qu'un Noir qui vit dans un monde de Blancs. Je le sais. Je ne suis qu'un nègre qui vit dans ton monde de culs blancs, mais ça ne veut pas dire que tu peux parler de mes gosses de cette façon !

— Va te faire foutre, Jesse, a hurlé Carmen. J'aime les Noirs ! Je sors tout le temps avec des Noirs !

Jesse s'est penché et m'a chuchoté à l'oreille.

— On doit se débarrasser de ces deux-là ou il va y avoir du grabuge.

— Qu'est-ce que je dois faire ?

— Les reconduire chez eux ?

— Impossible, Slim est sous le van. Si je le bouge je vais l'écraser.

— Alors appelle un taxi.

Je n'avais pas d'argent. Gorcoff s'est aperçu que je paniquais et a proposé de payer.

Heureusement, le taxi est vite arrivé, avant que Black Jesse et Carmen ne réveillent tout le quartier. Quand on les a déposés chez eux, la course nous avait coûté quarante dollars. Ça a rendu fou Jesse. Il a passé la majeure partie du trajet à s'en prendre au chauffeur.

— Regarde-toi ! a-t-il dit. Regarde cette barbe ! Regarde cette veste ! T'es allé à Woodstock, frère ?

— Oui, a-t-il répondu. En fait, j'ai participé au premier Woodstock.

— Eh bien, j'emmerde ton putain de patchouli et j'emmerde ta caisse.

Le chauffeur s'est arrêté et nous a virés en pleine rue. On se trouvait juste en face de Bagel Buoy, qui était en train d'ouvrir. Le Buoy était le seul endroit abordable de la ville pour prendre un petit-déjeuner.

Je me suis précipité à l'intérieur et ai commandé deux sandwiches aux œufs et au fromage avec un supplément fromage. Jesse a commandé la même chose. Gorcoff a pris un bagel grillé avec du beurre.

— Quelle idée de commander un bagel avec juste du beurre, a dit Jesse. On trouve la même chose chez nous.

Gorcoff a éclaté de rire. Puis Jesse et moi on l'a imité. On a tellement ri qu'on a eu l'impression de ne jamais pouvoir s'arrêter. Ce que Jesse avait dit était drôle, mais pas tant que ça. À ce moment de la nuit, tout ce que l'on disait était d'or.

27

Plus tard ce matin-là j'ai conduit Gorcoff à la gare. J'étais encore très saoul. Avant de partir, Gorcoff m'a fait remarquer que j'avais des miettes de bagel dans la barbe. Je m'en suis débarrassé d'une pichenette comme autant de mégots puis je l'ai serré dans mes bras et lui ai dit au revoir.

Tatie a été absolument ravie d'apprendre que Gorcoff était parti.

— Je suis contente que les choses soient revenues à la normale, a-t-elle dit.

À la normale, ai-je songé. *Qu'est-ce qu'il peut bien y avoir de normal dans cette baraque ?*

Pendant ce temps, Harold aboyait au plafond, sa queue frétillant d'excitation telle l'aiguille d'un vieil électrocardiographe. Tatie m'a dit qu'elle pensait qu'il s'entretenait avec le fantôme de ma mère.

— Qu'est-ce que tu racontes ?

— Regarde-le, a-t-elle dit.

Je l'ai regardé aboyer au plafond.

— Les chiens ne parlent pas, lui ai-je répondu.

— Évidemment, peut-être pas comme toi ou moi, mais à sa façon à lui il communique. Oui, à mon avis il parle avec ta mère en cet instant même, il lui dit qu'elle nous manque et qu'on s'en sort bien…

Les implications de ce que disait tatie étaient terrifiantes. Voilà donc ce qui se passe quand on meurt ? On se cache dans un coin et on ne peut communiquer qu'à l'aide d'un langage canin secret ? Disney en ferait ses choux gras, songeais-je. Non seulement ça ferait un film émouvant, mais ça ferait aussi un super train fantôme dans un parc d'attractions. J'imaginais les gosses assis dans des wagons en forme de chien géant, traversant lentement une maison hantée dans laquelle des fantômes déambulaient en aboyant. Les gosses riaient. Les fantômes sont tellement cocasses. Les fantômes sont adorables.

J'ai regardé dans le coin vers lequel Harold aboyait. Il y avait une mouche là-haut, prise dans une toile d'araignée. Je ne voyais aucune araignée dans les parages. La toile semblait abandonnée.

— Écoute, ai-je dit à tatie. Si maman est là-haut je préférerais qu'elle s'adresse à moi directement. Même si elle utilise un langage canin à dormir debout, même si elle a revêtu l'apparence d'un insecte mort, je préférerais qu'elle me parle à moi et pas à un… chien.

Tatie a eu l'air perdue.

— Eh bien, je suis sûre qu'elle n'a pas choisi de communiquer par l'intermédiaire d'Harold sans raison.

Ça m'a fait sortir de mes gonds.

— Tatie ! me suis-je écrié. Harold est trop bête pour parler à son propre cul ! Il ne communique pas avec maman. Il aboie après un putain d'insecte c'est tout !

Tatie s'est efforcée de ne pas pleurer mais des larmes ont envahi ses yeux. Sa lèvre inférieure s'est mise à trembler et elle a joint les mains comme si elle allait prier. Harold s'est retourné et est allé vers elle. Il s'est levé d'un bond et a posé les pattes sur ses genoux.

— Eh bien, qu'est-ce que tu veux ? lui a demandé tatie. Tu veux sortir pour faire ton pipi. D'accord, allons-y.

Elle est sortie promener Harold et je suis resté planté là à regarder fixement la mouche et la toile d'araignée, furax.

28

Si Harold tenait des conversations avec le fantôme de maman il avait dû sérieusement l'énerver, car une semaine plus tard il était mort. Tatie m'avait tenu informé de ce qui n'allait pas chez lui, mais je n'avais rien compris. Quand elle me parlait c'était à mots feutrés, comme les adultes dans un dessin animé *Snoopy*.

Je m'attendais à ce que tatie s'effondre. Elle a simplement sombré dans une léthargie plus profonde qu'avant. Une nuit elle est entrée dans ma chambre. J'étais occupé à étudier les épisodes de *Roseanne*. Elle avait les lèvres pincées, pour retenir ses larmes.

— Comment vas-tu ? a-t-elle demandé.

— Bien, ai-je répondu.

Et alors juste pour lui remonter le moral je lui ai menti en affirmant que les chiens me manquaient.

— Ouais, c'étaient des super chiens.

— Absolument, ai-je acquiescé.

— On a passé de bons moments.

— Sûr.

— Et des mauvais.

— Ouais.

— Je ne regrette pas un seul moment, a-t-elle poursuivi en se remettant à pleurer. Je n'aurais raté ça pour rien au monde.

Je l'ai regardée pleurer. Quand elle s'est calmée après avoir versé toutes les larmes de son corps, je l'ai invitée à regarder *Roseanne* avec moi.

Elle s'est allongée sur le lit.

— Mon Dieu, elle me rappelle tellement ta mère, a-t-elle dit.

— Je sais.

Après deux épisodes elle s'est endormie.

29

Les Razmoket ont commencé à aller dans une boîte de Bridgehampton, le O'Ring. En fait elle s'appelait The Ring, mais le graphisme de l'anneau était tellement rudimentaire qu'on aurait dit un « O ». O'ring était le nom qu'on donnait aux capotes. Quand la boîte était nulle on disait que c'était une capote éclatée, ou qu'elle était « molle ».

C'était une boîte sympa, mais chère. Je me suis servi de ce prétexte pour arrêter de traîner avec les Razmoket. Même si on passait souvent de bons moments ensemble, ils n'en étaient pas moins épuisants. J'ai commencé à les voir de moins en moins.

J'ai trouvé du boulot à la bibliothèque municipale. Je n'avais qu'une seule chose à faire : changer les ampoules. Kalish était de retour en ville et on buvait beaucoup. Je continuais ma nuit à la bibliothèque. Au bout de deux semaines j'ai été viré.

Cependant, j'avais un peu d'argent et j'ai décidé d'aller m'éclater au bon vieux O'Ring. Kalish est venu avec moi.

En arrivant on a vu Jesse et les Razmoket devant, en train de se passer une bouteille de rhum.

— Même pas la peine de vous approcher ! a-t-il hurlé.

J'ai cru qu'il plaisantait et j'ai donc poursuivi mon chemin. Ils ont continué de s'en prendre à moi.

— Regardez-le avec son sweat-shirt et ses gros nichons. Putain, on dirait Dolly Parton dans *La Cage aux poules*.

Kalish a rigolé puis s'en est excusé. On est passés devant eux, en s'efforçant de rester impassibles. Je me suis senti comme un gosse que l'on persécute dans la cour de récréation, ou une nana enceinte passant devant des manifestants anti-IVG postés devant la clinique où elle va mettre fin à sa grossesse.

Une fois à l'intérieur Kalish s'est disputé avec Jesse. Il lançait une collection de vêtements et voulait que Kalish lui apporte son aide. Ça devait s'appeler Privileged Design. Un billet de 1 dollar et un autre de 100 dollars devaient être imprimés sur le premier tee-shirt. Il avait besoin de Kalish pour représenter George Washington en train de faire la moue devant le billet de 100 dollars. Au-dessous on allait lire VERT DE JALOUSIE. Jesse a parlé de son idée à Kalish, qui a éclaté de rire.

— C'est marrant, pas vrai ? a dit Jesse. Mais c'est aussi foutrement intelligent.

— Non, non. Je riais parce que c'est vraiment nul, a répondu Kalish.

Jesse est venu vers moi et m'a dit qu'il fallait qu'on parle.

— Grimboli, a-t-il dit. Toi et Kalish vous devez partir.

— Pourquoi ?

— Parce que ton pote l'ouvre un peu trop.

— Il n'a pas aimé ton idée de tee-shirt c'est tout.

— Il a été irrespectueux. S'il reste dans les parages ça va mal tourner pour lui. Grimboli, je connais des tas de Blacks qui vous défonceraient la gueule si je le leur demandais.

— T'as toujours l'air tellement débile quand tu parles des Noirs, ai-je rétorqué.

— Fais gaffe !

Il est parti et je suis allé trouver Kalish. Je lui ai dit que je ne me sentais pas bien et voulais rentrer. Il a paru soulagé d'avoir un prétexte pour s'en aller.

Après avoir pris des bières au 7-11 on est rentrés chez moi et on a passé la nuit à boire dans le garage.

En plaisantant je lui ai raconté avec force détails une histoire comme quoi j'avais il n'y avait pas si longtemps braqué une station-service avec les Razmoket. Il m'a cru. Il était sous le choc.

— Je n'arrive pas à croire que tu puisses penser que j'ai braqué une station-service, ai-je dit.

— Merde, je ne sais pas… tu es en adoration devant ces foutus gamins.

Ça m'a atteint. Même si j'avais commencé à les fréquenter de moins en moins, j'ai trouvé offensant que Kalish se moque de notre amitié.

J'étais tellement énervé que je me suis précipité sur lui pour le frapper. On aurait dit un mur de brique. Même si j'étais beaucoup plus grand que lui je n'étais cependant pas de taille.

Pour me punir de l'avoir agressé, Kalish m'a poussé par terre.

Je me suis mis à pleurer.

Il s'est excusé et m'a laissé tranquille. J'ai commencé à marmonner sur le respect et l'amour et ma mère et les Razmoket et comment ils avaient à la fois tout et rien à voir avec elle et qu'en mon cœur je savais faire la part des choses. J'avais l'impression d'être sensé mais je voyais bien à la façon dont Kalish me regardait qu'il ne comprenait pas un mot de ce que je disais.

On a continué à boire et Kalish m'a laissé déblatérer jusqu'à ce que je ne sois plus en colère et puisse à peine parler et ensuite on est allés se coucher.

J'ai dit à Kalish de ne pas conduire et il m'a promis de ne pas le faire, mais quand je me suis mis au lit j'ai entendu sa voiture démarrer et déraper dans l'allée. Pendant les dix minutes suivantes je suis resté réveillé mort de trouille jusqu'à ce qu'il finisse par appeler.

— Désolé, a-t-il dit. Mais tu sais combien je déteste rester dormir chez les autres.

— Je sais, lui ai-je répondu.

J'ai raccroché et me suis endormi.

30

Le soleil matinal se déversait par la fenêtre et c'était aussi beau qu'une bonne fringale. Mon chez moi puait comme un bac à litière et dormir semblait la chose à éviter absolument, comme les crottes de chien et le SIDA.

Je me suis réveillé nauséeux pour tituber jusqu'au salon et m'affaler sur le canapé. J'ai regardé tout autour de moi les babioles que ma famille avait rassemblées au cours des ans. Il était difficile de croire qu'on vivait dans les Hamptons. La maison ressemblait davantage à un bed & breakfast du Midwest. Je ne supportais plus les boîtes de nuit, mais je n'aimais pas non plus le mal que se donnait mon chez moi pour offrir un environnement sain. Les premières comme le deuxième s'efforçaient d'être propres et salubres. Aucune n'y réussissait. Elles ne faisaient qu'empirer ma gueule de bois.

Sally a appelé pour demander si je pouvais garder Samuel.

— Tu sais que j'adore être avec Samuel, lui ai-je répondu, mais chaque fois que je suis avec lui tu es super en retard pour venir le récupérer.

— Je suis désolée, s'est-elle excusée. Je ne serai pas en retard cette fois, promis. Je viendrai le chercher à onze heures.

— Tu viens de me dire que tu serais là à dix heures.

— Je sais, mais ensuite je me suis rendu compte que ce serait plutôt onze heures.

— Mon pote Kalish sera là à dix heures. J'ai prévu de commencer à boire dès son arrivée. Ça ne me pose aucun problème de me saouler devant les mômes et je tiens à ce que tu le saches.

— Très bien, a répliqué Sally. Je serai là à dix heures.

Kalish est arrivé à dix heures et demie avec deux packs de douze de Corona. Samuel était devant la télé en train de regarder *Vidéo Gag*. Ça n'avait pas l'air de le faire rire.

— Où est sa mère ? a demandé Kalish.

— Je ne sais pas.

— On commence à boire quand même ?

— Bien sûr.

Kalish a ouvert deux bouteilles et mis les autres au frigo. On a essayé d'y aller doucement. Ça ne marchait jamais. Chaque fois qu'on essayait d'y aller mollo on faisait tout le contraire et on se mettait à boire à un rythme encore plus effréné.

À onze heures on était complètement bourrés.

Samuel a trouvé ça marrant. Il aimait voir les adultes faire les idiots. Il aimait particulièrement Kalish du fait de son allure dégingandée et rigolote. Il a fini par grimper sur lui en essayant de lutter au corps-à-corps. Kalish détestait ça. C'était quelqu'un de très propre et soigné, alors que Samuel était en slip et sentait le pepperoni.

— Arrête ! a supplié Kalish.

— Oh-toi-ferme-la ! a marmonné plus ou moins Samuel.

C'était une des rares choses qu'il savait dire et il le sortait d'un trait comme si c'était un seul mot.

— Mon Dieu, je t'en supplie ! Aie pitié ! a hurlé Kalish.

Samuel riait toujours plus. J'aimais les regarder. Samuel était un acteur de génie. Il comprenait l'importance du rire. Tant qu'il riait c'était drôle. C'était simple. Rien d'intelligent ou de spirituel là-dedans.

Il a pourtant fini par se fatiguer de ce corps-à-corps et il n'a pas tardé à s'endormir.

Kalish s'est tourné vers moi.

— Ça va ce qui vient de se passer ? J'ai l'impression d'avoir baisé. À un moment donné j'avais ses fesses sur mon visage. La seule fois où je me retrouve aussi près d'un cul c'est quand je broute une chatte. Mon Dieu… c'était vraiment atroce…

— J'ai trouvé ça fantastique, ai-je dit.

— Évidemment.

Il a regardé ses mains comme si elles étaient couvertes de sang.

Samuel s'était mis à ronfler.

— Je me demande à quoi il rêve, a repris Kalish.

— Moi aussi. J'espère que c'est sympa. Mes rêves sont merdiques. Ils tournent toujours autour de ma mère mais ils ne sont jamais agréables. Elle est toujours, disons, un peu attardée, ou méchante.

— Vraiment ? T'as beaucoup de rêves comme ça ?

— Tout le temps.

— Merde, Grimboli, c'est horrible.

Le téléphone a sonné. C'était Sally. Elle s'est excusée d'être en retard et m'a demandé d'aller chercher son autre fils Tory, le frère aîné de Samuel. Elle a dit qu'elle serait là dans une demi-heure. J'ai accepté mais lui ai rappelé que j'étais en train de me saouler.

— Plus tard tu arriveras et plus je serai bourré devant tes enfants, lui ai-je dit. C'est compris ? Inutile de préciser qu'ils risquent de voir des trucs bizarres !

— Je serai bientôt là, a-t-elle répondu avant de raccrocher.

Tory était à une fête à Long Beach. La maison grouillait d'adolescents, principalement des petites filles riches aux yeux hagards, rassemblées toutes ensemble comme une armée de fourmis et occupées à papoter, les garçons tâtonnant autour d'elles lentement, prudemment, espérant attirer l'attention.

Tory se tenait à l'écart des autres garçons. La plupart des gamins de son âge avaient encore l'air de petits garçons alors que Tory mesurait déjà deux mètres, et ne s'arrêterait sans doute pas là.

Dès qu'il est monté en voiture il a commencé à se vanter de sa soirée, de la fille qu'il venait de peloter, qui était bien bourrée et avait la langue froide.

Ça m'a rendu nostalgique. Ma jeunesse me manquait, faire des choses en douce aussi. L'odeur que dégageaient alors les chattes me manquait. Quand j'étais jeune le simple fait de toucher des poils pubiens était excitant. Même le porno était mieux. C'était difficile de conclure et quand on y arrivait, eh bien, ça donnait à la branlette une saveur plus intime.

Kalish n'était pas aussi nostalgique de l'adolescence. À cette époque le sexe ne faisait pas partie de sa vie. Il avait droit aux poils pubiens, certes, mais ça s'arrêtait là.

— Vous avez déjà sniffé de la colle les gars ? nous a demandé Tory.

On lui a tous les deux répondu que non.

— C'est tellement amusant.

— Tu ferais sans doute mieux d'éviter ça, a dit Kalish.

— Pourquoi ? Vous pensez que ça fait du mal ?

— Il n'y avait pas d'étiquette de mise en garde sur le pot ?

— Je ne crois pas…

— Je suis sûr que oui, a affirmé Kalish.

— Bon, est-ce que ça veut dire que ça fait du mal ? a demandé Tory.

— Oui, Tory, ça te fait du mal.

On est rentrés chez moi et Kalish et moi avons continué à boire. Tory a essayé de boire en douce, alors on a décidé de lui jouer un tour. On a caché la plupart des bières dehors puis on a pissé dans deux bouteilles vides, on les a refermées, et on les a mises au frigo. Ça s'est retourné contre nous. J'ai fini par être tellement bourré que je n'y ai plus pensé et que j'ai attrapé une des bouteilles pleines de pisse dans le frigo.

— Grimboli ! Qu'est-ce que tu fous ? a hurlé Kalish.

La bière était sur le point de toucher mes lèvres.

À ce moment-là Tory dormait par terre, allongé près de son frère. Ils ronflaient tous les deux.

Kalish et moi avons décidé d'aller au Headlights, un bar en ville. Les Razmoket avaient toujours refusé d'y aller, au prétexte qu'il y avait trop de vieux.

Et ils avaient raison. On trouvait les mêmes vieux vicieux au Headlights que dans une soirée strip-tease. On est également tombés sur Robin et Jim, des mecs avec lesquels on était au lycée. Ils avaient l'air vieux.

Ils se sont mis à évoquer le passé.

— Hé Grimboli, tu te souviens qu'on t'appelait « Bout de Table[15] » ? a demandé Robin.

— Vous m'appeliez comme ça ?

— Bien sûr, comme tout le monde, t'avais un si gros cul.

— Ben, c'est vrai.

Kalish a éclaté de rire puis a posé une main sur mon épaule et s'est excusé :

— Je suis désolé.

Je détestais quand il faisait ça.

— C'est bon, lui ai-je répondu avant d'aller au bar commander une bière.

Pendant que je commandais un dénommé Rooster s'est approché de moi. Il était petit, en colère et cramoisi, mais d'un rouge si naturel qu'il devait être rougeaud même en temps normal.

— T'es le fils de Pasteur Chris, dit-il.

J'étais le fils de Pasteur Chris. Sa mort m'avait nargué, faisant de moi une capote émotive depuis six ans. J'en avais marre. Même le fait d'entendre des surnoms datant du collège me donnait envie de pleurer.

---

15. Argot : Quand une personne en surpoids a « un bout » qui dépasse tellement qu'on pourrait l'utiliser comme table.

— J'étais dans son groupe de jeunes en 84. Tu te souviens de moi ? a-t-il demandé.

— Non, lui ai-je répondu. Je n'avais que deux ans à l'époque.

— Je m'appelle Rooster, a-t-il dit.

— Je sais, ai-je répondu.

— Tu connais Charley, mon frère ?

— Non, ai-je répondu.

Il m'a dévisagé pendant un laps de temps court et pénible.

— Ta mère était une femme sacrément bien, a-t-il dit.

— Je sais, ai-je répondu. Elle était formidable.

Il avait l'air de m'en vouloir. Je ne comprenais pas pourquoi.

— Je dois aller aux toilettes, a-t-il dit.

Il est allé aux toilettes et y est resté au moins vingt minutes. Quand il est ressorti son regard était triste et désespéré, mais pas furieux.

— J'ai besoin d'un autre sachet, m'a-t-il dit.

— De quoi ? ai-je demandé.

— À ton avis, gros lard ?

— Je ne sais absolument pas de quoi tu parles.

— J'ai besoin d'un autre sachet.

— De quoi ? ai-je demandé.

— De coco, face d'étron, j'ai besoin de coke, de cocaïne, t'as compris ? J'étais aux toilettes à sniffer un rail quand j'ai fait tomber mon sachet dans la cuvette. Ça m'a vraiment énervé mec. J'ai frappé le mur à m'en éclater les phalanges. Allez, donne-moi un autre sachet. J'ai soixante dollars. Tiens, prends-les.

Il m'a tendu une boule de billets moites. J'aurais eu bien besoin de cet argent.

— Je n'ai pas de cocaïne, lui ai-je dit.

Il m'a regardé avec la même colère que lorsqu'il m'avait dit que ma mère était une femme bien. Une sorte de colère résignée, démente. Le genre de colère qu'on a quand on a trop bu.

Rooster s'est éloigné et a entrepris de harceler un autre mec pour de la cocaïne. Ce mec semblait y être habitué. Il n'a pas eu l'air aussi embarrassé que moi. Il l'a enveloppé de son bras et lui a chuchoté des blagues à l'oreille. Rooster a paru se calmer. Je voulais me croire capable d'agir ainsi avec de vieux amis. On ne peut qu'espérer être de l'autre côté de la dynamique, être le copain qui offre une épaule consolatrice et non un ivrogne dépenaillé.

Je suis allé au bar et me suis assis près d'une jeune femme. Elle avait des cheveux et des yeux noirs et des joues aussi joufflues que celles d'un nouveau-né.

Elle tapotait quelque chose sur son portable.

— C'est vraiment un super portable, lui ai-je dit d'un ton emprunté.

Elle m'a souri et a continué de tapoter.

— Je suis stupéfait de voir à quel point les objets sont devenus futuristes, ai-je repris.

— Que voulez-vous dire ? a-t-elle demandé.

— Votre portable, c'est le genre de truc qu'on voyait autrefois dans les films de science-fiction, vous savez ?

— Je n'ai jamais vu ce genre de films, a-t-elle répondu.

— Bien entendu, ai-je répliqué. Mais ça n'en est pas moins très impressionnant. Il y a des gamins de cinq ans qui surfent sur le Net avec leurs portables dans le bus tout en allant à l'école. Alors qu'on se passait des mots en cours, ils consultent leurs emails et regardent du porno.

— C'est un peu bizarre, a-t-elle admis.

— Personnellement je suis impatient de voir ce qu'ils vont nous sortir, ai-je poursuivi.

— J'en suis certaine.

— Je vais vous dire ce que je veux, je veux qu'ils trouvent un remède contre la gueule de bois. Un vrai remède. Pas cette saloperie qu'on trouve au 7-11.

— J'ai déjà inventé ça, a-t-elle rétorqué.

— Comment ? me suis-je étonné.

— Suffit de ne pas boire, a-t-elle dit.

— C'est absurde, ai-je fait remarquer. C'est comme essayer de ne pas tomber enceinte en ne faisant pas l'amour.

— Je ne trouve pas ça absurde du tout., a-t-elle souligné avant de recommencer à tapoter sur son portable.

J'ai remarqué qu'elle buvait de l'eau. Elle attendait sans doute simplement de reconduire une amie chez elle. Elle était sobre et je ne voulais rien avoir à faire avec ce genre de comportement. Au lieu d'essayer de lui parler davantage, j'ai attrapé ma bière et rejoint Rooster, qui était assis à l'autre bout du bar, regardant fixement son verre et mâchouillant ses dents. Il avait enfin trouvé de la cocaïne. Ça m'a fait mal à la mâchoire rien qu'à le regarder.

Il s'est mis à me parler d'un de ses amis qui était mort.

— Il s'appelait Theo et il s'est tiré une balle par accident. Tu te souviens de lui ?

— Oui, ai-je répondu. En effet.

J'avais trois ans à la mort de Theo, mais ma mère m'avait parlé de lui à maintes reprises, comment il s'était tué et à quel point ses amis en avaient souffert et étaient tous devenus des ivrognes. Je crois qu'elle m'a autant parlé de Theo Goldbrook pour que je n'oublie pas que nous sommes très vulnérables quand il s'agit de la mort.

— Ta mère était si grosse, a-t-il dit. Et drôle aussi. Je n'avais encore jamais connu de femme pasteur et encore moins une qui soit si grosse et si drôle et, sérieux, la mort de mon pote m'a tellement affecté et déprimé que je n'ai plus quitté mon lit. Une fois je ne me suis pas levé pendant trois jours. Je le jure devant Dieu. Et voilà que le troisième jour ta mère entre dans ma chambre et se met au lit avec moi et me dit qu'elle n'en sortira pas tant que… alors je me suis mis à rire comme un taré parce que, merde, cette grosse femme était avec moi dans mon lit et qu'est-ce qui n'est pas drôle là-dedans ?

Sérieux, ça faisait un bail que je n'avais pas ri, mec. C'était une femme bonne. Elle m'a sorti du lit et elle m'a fait rire et elle m'a fait me sentir un peu moins mal et c'est rare qu'une femme fasse ça pour toi. Tu comprends ce que je veux dire ?

Je n'ai rien répondu. Tout était vrai. Ma mère avait un vrai sens de la comédie et un corps gros et mou. Elle était très rassurante. Elle pleurait aussi beaucoup. Et quand elle pleurait on aurait dit une enfant. Je suis sûr que Rooster n'avait pas la moindre idée de la capacité de cette femme à pleurer.

— Je suis désolé d'avoir traité ta mère de grosse, m'a-t-il dit.

— C'est bon, ai-je répondu.

Il a eu l'air de nouveau en colère.

— Écoute, a-t-il repris. Je suis désolé d'avoir traité ta mère de grosse. C'était une vraie dame.

— C'est bon, ai-je répété.

— Je suis désolé, a-t-il dit.

Kalish et moi sommes rentrés à la maison et avons trouvé Tory dans le garage assis sur un fauteuil inclinable cassé, en train de parler au téléphone.

— Ta tante est rentrée et elle avait l'air très en colère, a dit Tory. Elle a vu Samuel et alors elle s'est mise à fulminer comme quoi elle allait devoir dormir au sous-sol. Je me suis senti vraiment mal.

— Faut pas. Le sous-sol est bien meublé. Sa chambre est en bas.

Il a eu l'air perplexe.

— D'habitude elle dort sur le canapé.

— Je devrais me sentir mal ? a-t-il demandé, toujours perplexe.

— Non.

— À qui étais-tu en train de parler ? ai-je demandé.

— À une fille.

— Comment elle s'appelle ?

— Nina.

Dès que Kalish a compris qu'on parlait filles il a pété un câble.

— Tu donnes à cette fille le coup de grâce, a-t-il dit à Tory. Tu m'entends ! Tu ne laisses pas ce menu fretin t'échapper. Tu lui parles du big bang et tu lui dis que c'est ton zob qui fait le plus gros bang !

Tory a ri, gêné.

— Je ne comprends pas de quoi tu parles.

— Je te parle d'être un homme ! a hurlé Kalish. Tire-toi les doigts du cul et va voir cette nana, Nemo, ou Nono, ou peu importe son nom, et tu lui sors le grand jeu. Dis-lui, mettons : « Écoute, je suis en feu et tu aimes ce que tu vois. Tu ne sors qu'avec des mecs qui ne sont pas bons à grand-chose ! » Tu lui dis ça.

J'ai expliqué à Tory que Kalish avait eu le cœur brisé quelques années plus tôt et qu'il ne s'en était pas encore totalement remis, aussi quand il est question de certaines choses, ça fait mal et il devient triste d'une façon qui donne, à la plupart des gens, l'impression qu'il est fou.

— Écoute, a ajouté Kalish. Je suis allé voir de nombreux médecins. Ils m'ont fait passer des radios et m'ont dit que mon ADN est infiniment… mettons, compliqué. Tu vois, alors que la plupart des ADN ont une base nucléique A-T-C-G, la mienne a K-A-L-I-S-H. Ils m'ont dit que le cœur de Kalish est brisé mais que ça ne fait rien parce que mon cerveau est si puissant qu'il apprend à mon sang comment pulser tout seul.

— Pourquoi il parle d'ADN ? a demandé Tory.

Je n'ai pas répondu.

— J'ai besoin de dormir, a dit Kalish. J'ai besoin du pays des rêves. Même si rien n'y est très heureux non plus.

Je suis sorti fumer une cigarette avec Tory et puis je suis allé me coucher. Alors que j'étais allongé dans mon lit j'ai entendu Tory se faufiler au sous-sol pour prendre une bière.

31

Quand je me suis réveillé le lendemain matin j'ai trouvé Samuel et tatie dans le salon en train de regarder la télé. Tory et Kalish dormaient encore par terre.

— Samuel regarde mes feuilletons avec moi, a dit tatie.

Je me suis assis sur le canapé à côté d'eux et j'ai regardé le feuilleton. C'était mauvais. Très compliqué. Je n'y comprenais rien. Tout le monde semblait très séduisant et très contrarié.

Tatie savait exactement ce qui se passait. Elle regardait ce feuilleton depuis des années.

— Depuis quand passe ce feuilleton ? ai-je demandé.

— Oh, je dirai environ une demi-heure…

— Non, je veux dire, depuis combien d'années, combien de saisons est-il diffusé ?

— Une trentaine, je crois.

— Vraiment ? trente ans ? Et tout est lié ? Est-ce que chaque épisode est la suite du précédent ?

— Bien sûr, a-t-elle dit.

— Il y a encore des personnages de la première saison ?

— Bien entendu ! Tu vois cette fille, eh bien, elle est née au cours de la première saison et parfois ses parents reviennent sous forme de fantômes. Et tu vois ce médecin noir, celui qui est si sexy, eh bien, il joue lui aussi dans le feuilleton depuis le début.

J'étais étonné. Tout ça paraissait tellement épique. Peu importait que ce soit mal écrit, ou que ce soit mal joué. Le feuilleton durait depuis trente ans. Des gens comme ma tante s'y étaient attachés. Elle ne se posait probablement plus depuis longtemps la question de savoir si le feuilleton était bon ou non. La qualité, en fin de compte, n'avait plus beaucoup d'importance. Tout ce qui importait était que ça faisait partie de sa vie depuis très très longtemps.

Kalish s'est réveillé et a essayé de regarder le feuilleton avec nous.

— C'est quoi ? a-t-il demandé.

— C'est un feuilleton, ai-je répondu.

— Je déteste ça, a-t-il grogné.

Il a enfoui la tête dans le coussin du canapé et s'est rendormi.

— Non mais quel joyeux drille ! s'est exclamée tatie.

J'ai jeté un coup d'œil à Samuel. Il avait l'air très content.

— Hé, Samuel, qu'est-ce que tu penses de ce feuilleton ? ai-je demandé.

Il n'a pas répondu. Il s'est contenté de rire et de me mettre un doigt dans l'oreille.

Collection Domaine étranger

Parle, continue ! Justin Grimbol
Pactes mortels, malices et maléfices, John Wayne Comunale
Vu à la télé, John Wayne Comunale
Le cafard ronge la ville, Chris Kelso
Le vieux au cœur froid, Jim Nisbet
Aletheia, J.S. Breukelaar
Absinthe, Sébastien Doubinsky

Résolument engagées dans la littérature de genre, celle qu'on dit populaire ou grand public, **les Éditions du 38** développent des collections autour d'auteurs qui savent raconter de belles histoires, emporter le lecteur dans leurs univers et lui donner envie de partager ses lectures.

Le catalogue se répartit en 6 collections fortes :

38 rue du Polar – Polars et Thrillers
Collection du Fou – Science-Fiction, Fantastique et Fantasy
Fiction Historique – Romans et grandes sagas historiques
Domaine Étranger – Traductions
38 Lignes blanches – Fiction contemporaine
Les Classiques du 38 – Sélection de grands classiques de la littérature

38 rue d'Alger
31290 Villefranche de Lauragais
contact@editionsdu38.com

La version numérique de ce roman est disponible
sur les principales plateformes de téléchargement.

Imprimé en France
FRHW010332180122
29661FR00008B/108

9 782374 538860